刘健著

古风新裁
古典诗歌新作与品析

学苑出版社

图书在版编目（CIP）数据

古风新裁：古典诗歌新作与品析 / 刘健著. --
北京：学苑出版社，2024.10. -- ISBN 978-7-5077
-7063-6
Ⅰ.I227
中国国家版本馆 CIP 数据核字第 2024HP2458 号

责 任 编 辑：任彦霞
出 版 发 行：学苑出版社
社　　　　址：北京市丰台区南方庄 2 号院 1 号楼
邮 政 编 码：100079
网　　　　址：www.book001.com
电 子 信 箱：xueyuanpress@163.com
联 系 电 话：010-67601101（营销部）、010-67603091（总编室）
印　刷　厂：北京兰星球彩色印刷有限公司
开 本 尺 寸：710 mm × 1000 mm　1/16
印　　　张：15.50
字　　　数：185 千字
版　　　次：2024 年 10 月第 1 版
印　　　次：2024 年 10 月第 1 次印刷
定　　　价：89.00 元

序言

这本诗集里的作品是我几十年间陆陆续续写作的，最早可追溯到中学时代。入集的作品皆为过往岁月中目之所睹、身之所历、性之所向、心之所悟。希望诗出心声，托诗展义，体物写志，携壮美山河，入人间烟火，抒浩然胸臆，发人生哲思，在一定程度上记录、回顾、反省自己走过的人生和心路历程，是自己做人、做事、作诗的集中展现。同时，这本诗集也是近年来自己克难自砺、功苦食淡、不懈奋斗的一份岁月之证。《毛诗序》说："诗者，志之所之也。在心为志，发言为诗。"明清之际著名诗僧释函可说："只有心方寸，还余诗几篇。"（《生日》）这些诗论诗得就切中了我用心写作并将这些人生小唱收以成集的心旨。

诗歌是人们述心达情的审美载体和平台，是人们内心世界的诗美展现，也是人们心灵沟通的文化工具。真正的诗歌创作是一个精深细密、殚精竭虑的艺术创作工程。我的这些诗歌皆为沐心古风，诚心而发、奉心而出、竭心而制的心血之作。如果它们能感动人心、滋润人心、启迪人心，共沐诗心，就实现了我寄予此书的初心。敬借周汝昌先生所言:"以我之诗心,鉴照古人之诗心,又以你之诗心,鉴照我之诗心"(《千秋一寸心》),便是我对于读者的切切期心了!

同时,我自童年时代就好文学,喜文墨,小学、中学文科一直从优。后上山下乡期间劳动之余仍未敢释卷,常常学以继夜。恢复高考后,功之所积、心之所向,于1977年考入北师大中文系,毕业后在大学执教三年,教授中国古典文学。后又考为北师大中文系中国古典文学硕士研究生,拜中文系教授邓魁英先生研读唐宋文学。北师大中文系名师荟萃,邓先生和他的爱人聂石樵先生都是全国中国古代文学学科的著名学者。读研期间邓先生曾指导、嘱示我,研究唐宋诗词,必须花点功夫向古人学习如何写作,在写作中感其人品,悟其境界,通其意境,得其技艺。先生这些教导至今难忘,也成为我诗歌习作的压力和动力。研究生毕业后,虽然服从国家分配,一直从事法制方面的相关工作,但专业之念持以流年,对古典文学专业的挚爱也始终未曾消逝,一直在繁忙的工作中坚持创作与研究,也就逐步积累了这些作品。从专业角度讲,成此小集也是自己不忘初心研学中国古典文学的心得和成果。

笔者还有一个愿望,就是通过这些创作,为发扬光大中国古典诗歌优良传统和艺术精神,宣传中国古典诗歌文化,参与和推动群众性诗歌创作并促其发展略尽绵薄。现在,热爱古典文学,特别是热爱古典诗歌的人甚众,不少人也在积极写作古典样式的诗歌。经常有朋友、同事和古诗爱好者与我交流探讨相关问题,互动互学,我也从中受益匪浅。但由于一部分爱好者、写作者一定程度上缺乏专业知识的学习、训练和相关历史、文化、艺术等方面的积累,在学习、创作中往往有不得要领之憾。所以,借此小集,用自己的专业知识和写作体会与他们交流互进,共同为繁荣古典诗歌创作尽微薄之力也是我的一个动机和愿望。

序言

  《诗经》以来至今已逾数千年，诗歌发展集大成的唐宋时代也已经逝去1400多年，作为文学作品产生的社会、文化、历史等背景以及创作所需的素材都发生了巨大的变化。在这种情况下，怎样用古典诗歌的形式，继承扬弃，很好地表现现实生活就成了专业工作者和古典诗歌拥趸们必须思考的问题，也是写作古典样式诗歌实践中最耗功力的难题之一。所以，也想通过我的作品和写作实践就这个问题进行一些积极的探索。

  首先，个人体会，现代循古而作的诗歌其基本特征应当包括：采用中国古典诗歌体裁形式、尽可能使用以古汉语为基础的文言文及其修辞规律与技巧、符合中国古典诗歌创作理论和审美特点、具有中国古典诗歌意境和风格韵味。其次，怎么样才能创作出这样的作品呢？要想写好一首古典诗歌，就应像许多中国古代诗人那样，写作中以立意、创境、达情为主要追求，即如白居易所言，诗歌创作应当"先于情""深乎义""感人心"。要在创意造境、遣词造句等方面尽可能学习、贴近古人，感其立意，悟其境界，师其技巧，传其神韵，并力求在认真学习古代汉语的基础上，使用丰富的古言古语及修辞手法，写出具有古风古味、古意盎然的古典诗歌作品。但循古拟其形，袭古得其神，习古出其新，用我们的创作表现新的世界、新的生活、新的情思，创造出与现代人的生活特点、审美特点合拍的作品是我们古为今用的最终目的。具体到我个人，因情之所使、性之所向，更喜欢采用容量大，形式比较自由，表情达意、写物设境空间余地相对开阔，风格朴实清新的古风（古体诗）来进行写作。这本诗集中的很大一部分作品皆可归入此类。本集也因此命名为《古风新裁》。

  感情真挚、意境优美、诗思新巧、辞藻精雅、风格清新是我诗歌

003

创作和作品风格的主要追求。诗集中也有一些"另类之作",则是我学而出新、拙笔自成的一些浅尝试笔之作。

关于格律音韵问题,虽然我学本唐宋,研习诗词格律是我的必修课之一,但多年的学习研究和写作实践使我深感其利弊相生,得失相兼。古今对古典诗歌写作中遇到的有关作品内容与格律关系问题的认识不尽相同,众说纷纭,各存理证。现代诗人、专家和学者对此亦持不同看法。对此,可以研究交流,但不应筑垒对立,更不能各炫其技相互攻击诋毁。我的体会是诗意为心为重,格律为骨为辅。完全不遵守古典诗歌形式上的一些要求也很难称为古典诗歌,而严拘格律写不出好诗也是纸上谈兵尽为枉然(专业格律研究除外)。所以,笔者对格律形式的基本看法和做法是不否定、不拘泥。既应当注重作品的音乐性、韵律感、节奏感及朗朗上口的诵读规律,也不必亦步亦趋完全拘泥、迁就平仄粘对等形式。自古以来,大师们严守格律的诗歌佳作荟萃,而不完全遵守格律的高人杰作也层出不穷。唐代以前并未形成规制的格律,却仍然留下了许多脍炙人口的千古名篇。中国古代诗歌格律是在中国古代诗歌的发展中和当时时代背景下形成的,也应当在时代发展进程中改良和发展。除了专业研究领域的继承、研究,从诗歌创作角度看,是否应当呼应时代变迁和社会进步加以科学扬弃、优化简化?以形成一种新型的古典样式诗歌形式。笔者虽在创作中对此进行了一些初步的实践和探索,但从体系化的改革角度讲,笔者只是提出问题,但尚无此心志和能力。在现代社会生活、社会思潮、社会环境、文化发展等已发生巨大变化的背景下,一味苛求格律显然是不客观不现实的,也不利于群众性诗歌创作的发展。

笔者非常崇拜唐代著名诗僧和诗歌理论家皎然(僧皎然),敬其品性，尊其诗论，慕其诗风。他非常重视诗歌表情达意的功能，创作需重性情、讲意境是其诗歌理论的主要主张，强调诗歌要真于性情，尚于作用。他用贞、忠、节、志、德、气、情、思、诚、意、高、逸、贤、达、悲、怨、力、静、远十九个字对诗体进行了区分、概括，实际上也是衡量诗品的标准。他认为，"作者措意，虽有声律，不妨作用"。又认为写诗不能为"四声弊法所媚"，"风韵正、天真全，即名上等"。其诗作清逸简淡，"不缚于常律"（辛文房《皎然上人传》），笔者深以为敬、深以为然。所以，能写出感动人、教育人、启发人、滋养人的具有中国古典诗歌美韵的作品应当是我们的主要追求和标准。

这本诗集选录我不同时期的作品一百八十三首，皆为近几十年的原创之作。每首作品后都附有客观、简要、通俗而各有侧重的作品简析，其中主要与大家讨论诗歌写作的各种技艺与方法，谨为与读者交流互进之媒。

内容上分为"万物荣华　江山如画"和"沧海桑田　似水流年"两大部分。第一部分主要是体物写志、描景达情之作。第二部分主要是人生经历和感悟的诗录诗得。成集力求：尊兴观群怨，出天地正气；表人间真意，笞世间污浊；启人生感悟，论造诗技艺；运古典诗美，尚清新风格。

技薄自牧之作，管窥存拙，在所难免。搁笔付梓之际，感恩父母哺育，感恩人民培养，感恩老师教诲，感恩真友厚谊，感恩天地精华，感恩岁月磨砺，感恩过去未来我爱和爱我的一切美好！

刘　健
2024 年立春之日

目 录

万物荣华　江山如画　001

登泰山极顶抒怀　002
赴华容道中暮登岳阳楼　004
钱塘潮兵　006
水镇红霞　008
乌镇纪行　009
武当山　011
拜鹅池　013
杏花雨　014
赴玉门途中　016
远塞遐叹　018
鼓浪屿思陶令　019
夜过巫峡同题四变　021
草原丽行　024

牧　歌	026
西湖烟雨	027
柳浪闻莺	028
画中游	029
悯　渔	030
泾县赞	031
皖南村光二首	033
黄田洋船屋	035
桃花潭今昔	036
青弋江晨意	037
江南有奇树	038
西山行吟	039
香山寄颂	041
香山早行	043
香山述秀	044
暮山山行	045
山居遇雨	047
百花山秋行	048
游山不得归	049
农家灶台鱼	050
房山云水洞探鸟	051
村　行	052
颐和园落雪	054

目 录

胡同京韵	055
市景二首之一	057
市景二首之二	058
残碑落照	059
鸡鸣驿	060
居庸寻古	062
金台夕照	063
辅仁大学怀思	064
大觉寺禅春	065
大觉寺禅秋	067
寻寺不得	069
为友人禅意摄影配作	071
古寺虚烟	072
友人南极寄照感记二首	074
夜眺天河	076
梦飞星祷	077
雨后星河	078
睡中听雷	079
观虹取舍	080
春虹不见	081
彩虹劝	082
彩　暮	083
晨　勉	085

孤人独月	086
中秋会月	087
春车行	088
陌上不同春	090
艳春不见	092
二十四春	093
孟春忽飞雪	095
夏日清心	096
夏　恋	097
初　秋	098
秋日抒怀	099
晚秋一瞥	100
十月差赴汉中羁望京秋	101
秋光寻	102
临秋思静	103
山村晨秋	105
夜闻秋声不眠	106
山村雪寂	107
思春赞雪	108
童　雪	109
雪落不寻梅	111
戴月会梨花	112
牡丹前世	113

樱桃别思	114
丁香千结	116
独步观花有感	117
槐香止春伤	118
荷花怜子	119
谐续叶绍翁《游园不值》	120
鸟树惜缘	121
古木寿术	122
田头花	124
知心柳	125
冬柳青青	127
白洋淀芙蓉歌	128
菊花宅心	129
栌	130
山中会幽草	131
兰草吟	132
戒台寺松势	133
蒲公英心会	134
水木之盟	136
无根之花	137
冰梅辩	138
花　殇	139
杜鹃托子	141

鹅　趣	142
犬　价	143
义　犬	144
犬不同命	146
孤鸿壮行	147
迁鸟鸣晨	148
绝鸟同题二变	149
笑面虎	150
喜　窃	151
家猫伴读	152

沧海桑田　似水流年　　　　153

痴诗自嘲	154
夜读友人赠诗	156
爱之初萌	157
窗影探相思	159
嫁　别	160
清水思	161
四花联	162
人生如叶	163
山行悟语	164

读杨、叶二先生智言有感	165
酒　悟	166
蜜　悟	167
四时看世态	168
慎　夸	169
钱之梦	170
钱之祸	171
清明悼亲有感	172
四君四友	174
别友人闻鸟	175
劝友归	176
思乡客	177
劝　酒	178
春日农家聚友	179
秋叶致友远思	181
探病老友床前	182
重逢不识	183
吴江别友人	184
忆江西庐山民宿	185
达州识友即别	186
顽童忆	187
师　恩	188
花娘留香	190

俏伴娘	191
饲豕乐	192
伤别二首之一	193
伤别二首之二	193
新蜀道难	195
暖　夜	196
船夫吟	197
小儿逢春弄絮	198
布衣之德	199
守　岁	201
贺　新	202
十五拆灯谜	203
伤团圆	204
盼子歌	205
劝亲词	207
书生求战	208
谪仙舞	209
惜别母校	210
归　去	211
插队五记之一：初入村乡	212
插队五记之二：黍陇夏耕	213
插队五记之三：村月朦胧	214
插队五记之四：学友村伴	215

插队五记之五：寒窗梦圆	216
官路行	217
管子于法	219
女儿诞生为祈福	221
小儿病愈录心	222
观雪奇思	223
稚儿星喻	224
示法于子	225
吃相打油	226
书　包	227
闻小女演琴	228
秋千忆	229
果　园	230

万物荣华　江山如画

登泰山极顶抒怀

书生仰止拜泰山，意气横空蘙巍岩。

常伏寒窗舒极目，即飞青云在峦巅。

屡谒三山眺江海，遍访五岳览河川。

跃上玉皇无峰处，长风吹袂望云端。

【作品简析】

　　这首诗作于1985年笔者读研期间。笔者平生尤喜雄山秀岭，大学及读研期间，曾遍游五岳，屡拜名山。莘莘学子，寒窗苦读，意气风发，志存高远，这首作品就是当时这种情志的写照。作品抒发了青年学子志存高远的豪迈情怀。

　　作品一、二句直出书生爱山之胸臆与情怀，前后两句藏头"书生意气"，开篇便直切主题。三、四句写心怀抱负的年轻学子，常常透过书窗远望群山，神飞思逸、青云之志便透窗飞向了遥远的山巅。接下来两句记述遍访三山五岳的经历，意在表现自己以山为范、情志高远的精神追求。最后两句塑造了一位登上极顶、高风拂衣、仰望云端、神采飞扬、卓尔不凡的青年学子形象。其中"跃上"二字生动表现了青年主人公朝气蓬勃、青春飞扬的精神面貌。"登""攀"等字皆可入用,但没有"跃"字含有的跳和升的含义,取舍之间境界大不相同。

另外,在一首作品中,应尽量避免重复用字用词。此作中,涉及山的字词很多,但经过炼字恰用并无违和。技巧在于要发挥同义词、近义词的替代作用,并在作品中合理、妥帖安排、穿插。还可以巧妙应用概念的别称、雅称、俗称、古称等以避免重复用字用词。

赴华容道中暮登岳阳楼

洞庭家乡水,岳阳梦中楼。

沧田横玉鉴,溟岛渺澜畴。

水村迷岸树,渔渚隐归舟。

落照丹霞起,排浪浣红绸。

【作品简析】

2012年夏末,笔者在赴华容途中登上岳阳楼领略了洞庭湖醉人的暮色,遂出此赞吟。作品描写了暮色中洞庭湖和岳阳楼的景色,寄托了主人公对家乡的怀思和赞美。前两句概写暮色降临。三、四句用大写意之法描写了洞庭湖烟波浩渺的全景。下面两句又从全景转出,聚焦到隐约可见、渔舟归去的水村渔渚。从内容上讲,实际上是把目光转投到了当地人民的生活上。终篇两句描写了暮色中洞庭湖霞水交映犹如水浣红绸的壮丽景象。用"红绸"比喻投映在湖面上的晚霞,造境、设色形象浪漫,令人遐想,更精心遣配一个"浣"字,使湖浪激荡晚霞的景象得到了生动的表现。

笔者用排字替选之法精心选字用字,一字不同,湖光各异。中间两联写烟水暮色,用"沧""溟""迷""隐"为洽。结联"浣"字亦从"碎""乱""荡""跳""舞""漂"等字间炼出。读者可以于雅赏中逐字替换入诗,可得不同境界与感受。

钱塘潮兵

吴军压境一字开,骁兵垒阵层递排。

始擂鼙鼓作沉响,即驱万马怒蹄来。

涛车争驰驱风起,浪旗漫卷触云白。

霆击接敌突奔回,残波犹泣强虏哀!

【作品简析】

2018 年 8 月,笔者在钱塘观潮,见潮头激荡,大起大落,深为震撼,诗意亦如潮水澎湃而来。构思拟意许久,觉得不以雄兵布阵鏖战喻之不能拟其境、状其势,遂磨此诗。

本诗按钱塘大潮潮起潮落的先后过程和特点写来,以宏大的军队布战谋略和激烈的战斗场面作拟喻,形象地表现了钱塘江潮汹涌澎湃之势。钱塘潮作为本体,军队作为喻体,潮起潮落,兵攻兵退,本喻步步相环,恰恰相生,两句一境,聚成全景,给人一种犹如亲历大军鏖战般身临其境的观潮之感。因钱塘江古属东吴领地,所以以吴军作喻。作品全诗用喻,每句皆喻。开篇二句以开战前排兵列阵喻写钱塘初潮;三、四句以战鼓、马蹄声喻写大潮雷动之声;五、六句以大军涛车争驰、浪旗漫卷喻写汹涌奔腾的白色潮头；结尾两句以接敌奔回、残波哀泣喻写大潮退去。这些比喻喻象贴切，有声有色，环环相扣，营造了满满的现场感，产生了读诗如观潮的强烈艺术效果。拟喻是一种常用的艺术手法，但比喻不仅应做到生动贴切，更应追求喻出新奇的诗境诗意，才为上乘之喻。

水镇红霞

曾醉江南春水绿，今迷古镇水色奇。
灯上楼头红霞起，歌伴轻舟赤水迤。

【作品简析】

　　2015 年，笔者游周庄古镇，醉碧水石桥。落暮之时，街灯初上，漫步古镇，却见漫天红霞，把本来绿色调的一脉春水和古镇街巷全映成了红色！天红水赤，蔚为奇观。作品前半部分写笔者对绿色水乡奇变的感受，后半部分写红霞赤水之暮色奇景：上句写天之美，下句画水之奇，表现了古镇水乡的别样之美。

　　写诗应力争出新出奇出个性，努力创作出夺心打眼的作品。在绝大多数人的印象里，江南总是梦中的绿乡，但笔者抓住古镇水乡稍纵即逝的奇变之景，描绘了一片丹色江南，就产生了让人刮目相看、耳目一新的新奇诗意和别具一格的诗境，自然也就使作品产生了一种别出心裁的艺术感染力。当大自然突现灵感的时候，我们应当以灵犀之心去捕捉、去感受，去采撷其中的诗意，此为诗之道也！

乌镇纪行

其一

姑苏泽国温柔乡，三吴古镇碧水庄。

白楼临水立连墙，红灯跳波照花窗。

篷舟棹动流船影，宿苔桥斜达柳巷。

吴侬软语丝竹调，彩衫斗笠俏船娘。

其二

姑苏温柔乡，古镇碧水庄。

白楼临水立，红灯挑花窗。

棹动摇船影，桥斜衔柳巷。

软语丝竹调，彩衫俏船娘。

【作品简析】

这两首诗是笔者1987年暑假在乌镇写的记行之作。作品通过对一系列当地最具特色景物的绘构，描写了妩媚优美的南国水乡古镇景色。开始两句概括描写古镇美景及特色，介绍古镇得天独厚、美自天成的地理位置和环境。中间四句从楼、灯、船、桥等多个角度具体刻画、表现水乡古镇特有的优美景象。最后两句把乐声人影置入画面之中，使画面立刻增加了动感和活力，进一步表现了江南水乡的诗情画意。

本作为七言，五言是在七言基础上的减字通变之作。两相对比，五言轻巧灵动，七言细腻丰满，对比读来平添趣味。同一作品，五言加字为七言，七言脱字为五言，加字减字间，得两首而不同。但五七言之变并不是简单的文字加减，还应注意根据具体情况的文字替变。比如，上面七言中的"跳"字与五言中的"挑"字。大家可以体会一下其中的异同。

万物荣华　江山如画

武当山

登临眺天柱，展目阅沈仙。

太和容万象，紫霄携大千。

晓霞壮心胸，飞云涤肝胆。

进山红尘客，出山已半仙。

【作品简析】

这篇作品写于2006年笔者登览武当山后，描写了武当山道韵仙风的特有景色，抒发了笔者对此道教名山超凡脱俗的独特感受。作品的突出特点是利用嵌名之法化用武当山的实景名称来写景壮情，情景相生，互融互动，开景壮阔，气韵清奇。作品首驱两句开门见山，写登高远眺之所见。句中"天柱""沈仙"皆为实景山名，即天柱峰和沈仙岩。笔者借"天柱"以写武当之山高，借"沈仙"写武当山之道韵。接下来两句中，"太和""紫霄"皆为武当山宫殿之名。太和为天地冲合之气，所以可容万象。紫霄为高远广阔之天，所以可含领大千。后面两句"晓霞"为武当山七十二峰之一的峰名，"飞云"是武当山二十四涧之一的水名。明丽的"晓霞"可以壮大心胸，而清爽的"飞云"亦能滤净肝胆。结尾两句明示入山受教之效：灵魂得以净化，人格得以升华。谋篇布局上，作品前四句通过描写武当山的清奇壮阔，有意烘托出一种武当山作为道家圣地特有的超凡脱俗的仙道之气，从而为作品的后半部分抒发胸臆做好背景铺垫，达到情从景出、景托人意的艺术效果。

另外，同是写山，不能千篇一律，应根据写作主题突出描写对象的个性，做到山山自气象，峰峰各不同。比如，本诗写道教之山，一是将武当山著名的道教景点名称直用入诗，使此山仙气盎然而有别于他山；二是用"容万象""携大千"以及"红尘客"等带有道教符号的词语构句，从而突出了武当山作为道教之山卓尔不群的精神风骨。

拜鹅池

碧池茂林竹,右军挥墨处。

曲水流觞醉,兰亭美序书。

妙笔循鹅迹,雄毫走龙虎。

千古父子碑,清流玉鹅逐。

【作品简析】

笔者喜书法,曾特去绍兴拜谒王羲之故地。这首作品便作于此次游历期间。前二句以景带人,交代所要描写的景物、人物。中间四句一句一典,盛赞了王羲之的美行美誉、书法成就和书法特点。这四句用二十个字就概括了以上丰富内容,需要较高的文字提炼、概括技能。比如:"曲水"一句仅仅十个字就基本概括了王羲之的主要成就和主要事迹,"妙笔"一句也是十个字就道出了王羲之书法雄妙兼备的主要特征。结句回扣首句,仍以呼应首句景物结诗。同时,结篇两句景中还蕴藏别意,以"千古""清流"强调了王羲之对后世的深远影响,从而进一步升华了本诗的主旨和诗意。

杏花雨

江南雨不休，煞是惹人愁。

密密织别绪，绵绵絮离忧。

寒霖溅罗裙，暖手牵红袖。

落英红湿处，曾别杏花楼。

【作品简析】

此作 1985 年作于江西南昌。杏花楼位于南昌南湖。作品借江南之雨回忆作品主人公与相爱之人邂逅牵手的美好情景，也深情地诉说了分手后的离情别绪。前半部分赋予江南之雨人格特征，形象地喻写雨和愁在主人公内心的关联与感受。江南的雨能织出人的别绪，絮语人的离愁，这不正是江南烟雨动人心魂、牵人心肠的魅力吗？后半部分则在雨中回忆了过往与所爱之人一起度过的美好时光和别后的一脉离愁。

在艺术手法上，开篇即用口语式的"煞是"二字，不仅突出了笔者雨中由心而出的深深惆怅，也意在拉近与读者的距离，使读者产生与作品主人公一如友人之间倾诉衷肠的感觉。接下来两句则利用雨水的形态，赋予其人的功能，从而把雨和愁自然、生动、贴切地联系在一起。第三、四两句是对往日所爱之人的深情回忆，用"罗裙""红袖"暗示女性，含蓄地表现了昔日爱人的多情和妩媚。"寒霖"与"暖手"相对而出，尽道出往日情愫之温馨。结尾两句则借故地重游、雨落红英的凄美景色进一步道出对爱人别去的难忘深情和离愁别绪。

赴玉门途中

才辞天山雪，又赴玉关寒。

暗云衔沙起，惊风带石旋。

边马苍声远，野驼卧荆难。

长风吹戈壁，迢递到关山。

【作品简析】

　　这几首"边塞诗"习作都写于 2003 年赴西北期间。这首诗作于从新疆赴玉门关的途中，描写了途中千里戈壁苍凉壮美的景象。此行使笔者深觉唐代边塞诗人伟作不虚，给笔者学习研究"边塞诗"提供了直观素材和实际体验。"边塞诗"雄浑苍凉，在唐诗中独具风格，显立一派。这篇作品也是笔者醉其魅力的一首习作。云沙风石、边马野驼都是戈壁大漠最典型的景物动物，也是笔者当时亲历亲见的实景。作品中间四句把这些素材有机地组织起来形成动态的画面，格式上用严谨的对仗句，颇富表现力地描状了苍凉壮阔的边塞景象。

　　诗歌写作应讲究全诗内容的完整性、关联性，注意前后头尾的呼应。这首作品第一句交代了此行的起点和目的地，中间四句描写了途中所闻所见之景色，结篇二句则扣住首句宣布到达目的地，完整地叙述、描写了旅行的全过程，从而保证了作品内容的完整性和叙事、描写的有序性、衔接性和逻辑性。

远塞遐叹

不写大漠不写愁，不叙春风怨杨柳。

只怨阳关传家信，六月迢递到村头。

【作品简析】

　　笔者有关边塞的几首作品，都出自在新疆、甘肃等地期间。有的是实景，有的是感受，有的则是时光穿梭式的想象虚构。这首作品就虚构再现了一位来自远古久戍边疆的战士家信难通、家书报平安而不得的情形。通过再现历史，对古代守边战士久戍不归、家书难传的艰苦困境进行了一种跨时空的虚构描写。文学作品不一定都写实，诗歌亦然。合理生动的想象虚构，以虚写实，虚中寓实恰恰是诗歌创作的一种基本要求和方法。

鼓浪屿思陶令

月素沙洲满，波轻荡高岩。

老巷花楼深，旧瓦闲鸥眠。

窗幽听琴语，音清入海天。

忽欲约陶令，再赋桃花源。

【作品简析】

笔者青少年时便常常神思鼓浪屿，1992年终还夙愿。鼓浪屿宁静优雅，古香古色，是一个漫拾旧日留痕，追步似水流年的海岛。作品有声有色地勾画出了暮色中的海上桃花源优美宁静的景色。这是一首写景诗，所以首先遇到的是取景选景的问题。作品前四句每句选取了一处鼓浪屿代表性的景物，而五、六两句描写了鼓浪屿作为钢琴之岛的特色。为什么这么安排呢？因为鼓浪屿有钢琴之岛的美誉，而且岛上还设有钢琴博物馆，这是鼓浪屿历史、文化和旅游的代表性符号。没有琴声入诗，作品就没有了灵魂，所以写钢琴的内容多施笔墨用了两句进行特写。

写景诗取景可以有主有副。主景为显为要，副景为衬为托。主景要突出，所以须多费些笔墨，这是写景的方法之一。作品结尾用邀请陶渊明再作《桃花源记》的假想，使人产生联想，进一步表现了鼓浪屿桃花源般的美丽，也使人产生出悠远的古今遐想。

夜过巫峡同题四变

其一

星落高峡静,月照大江明。

浪船流帆影,波灯碎流萤。

夜鹃啼空谷,宵猿啸暝峰。

渔火明灭处,寂寂岸烟升。

其二

星落高峡静,月渡大江明。

万顷清辉阔,一帆水云平。

夜鹃回空谷,宵猿啸烟暝。

荻风隐渔火,晨雾现青峰。

其三

高峡清辉静,月入一帆行。

云落出江花，星斜动鳞莹。

夜鹃回空谷，宵猿啸烟暝。

荻风吹渔火，晓雾开青峰。

其四

星落高峡静，月照大江明。

万顷清辉阔，一帆水烟平。

云落浮江花，星斜烁鳞莹。

荻花渔火暗，晓雾破青峰。

【作品简析】

1988 年 6 月，笔者读研期间从重庆船游长江，夜历巫峡，感其魅力，夜不能寐，隔舱而成此诗。峡星灿烂，清辉交映，感慨万千，诗思翻涌。一首即成，意犹未尽，遂在此基础上又同题出诗三篇。本想精置归一，但又希望和读者们分享我诗歌创作雕刻磨炼的过程，遂于此处将其一一展列。为此只留下写作构诗和修改完善过程的原始状态，以供读者阅判。每首作品也不再一一点析。

第一首作品主要刻画巫峡的夜景，但琢磨中觉得一是只写夜色未状晨景，有美中不足之憾。因为巫峡的晓雾青峰亦是奇美，遗之可惜，于是在第二首结尾两句予以完善。二是觉得巫峡的美主要是壮美，但第一首表现稍显不足，所以在第二首替以"万顷"两句予以加强。之所以又写了第三首是因为想到巫峡美丽的星云江月没有充分表现出来，故于第三首出"云落"二句以补。而前三首皆录鹃啼猿啸之声，又想灭其声以试，体验另一番诗境，遂又改出了有景无声的第四首。每篇各有角度各出意境也皆能独立成篇。

　　通过此作的修改、演变过程笔者有以下几点体会：1. 作诗、改诗皆如琢玉，不要着急成诗，需精雕细刻反复研磨。2. 在写作和修改中要以高度的艺术灵感充分摄取、调动描写对象的原始资源，发掘利用其方方面面的艺术价值。3. 每首作品可不同角度、不同设境多做尝试比较。一人一事、一景一物可同题多变、一题多篇，此法最可磨炼功力。一作不足以状物表情的，亦可依此法经营数篇以得其全美。

草原丽行

白草连天亘，黄川一脉横。

天高笼莽原，云低接野坪。

黄栌掩青棘，白桦叠丹枫。

人间七彩路，天宫后花庭。

牧野通天际，丰草沐天风。

草盛肥羊牧，甸阔驰马凭。

河外垂星矮，云边华月升。

不识天地远，来此瞭苍穹！

【作品简析】

　　本诗作于2021年内蒙古乌兰布统。笔者先收集草、川、云、树、星、月、羊、马等景物、事物入诗，然后把这些个体素材加以有机组合，分别勾画出白草连天、彩树缤纷、黄川横亘、天高云低、星月交辉等草原典型的景色作为相对独立的景块，最后采用拼图组合、砌砖成墙、集小景成壮景的艺术手法,编绘出了秋天内蒙古草原草木丰美、苍莽壮阔的画卷。采撷选取最有特色的静态或动态的事物、景物素材入诗是第一步;将其精心拼接、有机组合最终制成全景形成诗情画意是第二步,此为写景诗良法之一。

牧　歌

原草暮苍苍，炊烟氲毡房。
茶沸红炉暖，策马牧归羊。

【作品简析】

　　这是笔者秋冬之际在新疆伊犁草坡上看到的景象。苍苍草坡，暖暖毡房。妻子已烧暖了茶炉，备好了奶茶，而此时，暮色之中丈夫也策马牧羊归来。出现在我们眼前的是一片苍凉而温暖的草原特有的景象。作品前两句写景，后两句写人，人在景中，景为人设，以简洁的笔墨勾勒出草原牧歌般的一缕温馨。"茶沸"一句写妻子，"策马"一句写夫君，一句写内，一句写外，夫妻均未露面，却可深深感受到他们温馨和谐的感情与生活，也是一种含蓄比合的艺术构思。而这一缕温馨又是以原草苍茫的大草原为背景的：苍茫的草原，小小的毡房，这种殊比的手法，让人在辽阔与渺小的对比之中对温馨有了深切的感受。

西湖烟雨

西湖最美非湖山,游子断魂雨连烟。

柳浪莺啼烟中雨,寒月平湖雨如烟。

【作品简析】

此诗写于杭州西湖柳浪闻莺。1986年晚春,笔者暑假期间游览西湖之胜,恰逢湖雨潇潇,夺魂的诗意随心溢出。当时的西湖一片烟雨迷蒙,澹烟笼伏水上,亭阁隐现雨中,尽显江南的柔美凄丽。烟雨是西湖的灵魂,也是这首作品的灵魂。作品采用联句回复的方法,烟来雨去,出烟入雨,缠绵悱恻、婉转凄切地表现了烟雨西湖的动人魅力。

柳浪闻莺

碧翳深烟乱莺啼，巧音穿珠娇影迷。

几点黄羽翻柳浪，数声玉啭向苏堤。

【作品简析】

  在烟柔水碧的西子湖畔，听莺啼百啭，如玉珠连音，入耳悦心，不禁目随声转，却羽踪难觅。忽然看见几个娇小如黄点一般的身影从如烟的柳浪里跳飞而出，一路连珠般婉转着向苏堤飞去。这是一幅多么美好的诗里西湖的景象！作品通过生动描写在柳翠如烟的碧荫里飞跳鸣啭的黄莺，在人们眼前耳畔展现了西湖的动态美、声音美和色彩美。同时，以小景见大景，通过在诗作中驱动数只娇小的黄莺，展现了极具特色的西湖魅力。

  另外，遣字构句上，以"几点黄羽"刻画娇小活泼的黄莺，生动传神，是描写一点见其全身的手法。作品前后内在联系紧密，上联发"穿珠"之音，下联合"玉啭"之声，适得般配。诗篇翻柳浪，吟诵传莺啼，作品对"柳浪闻莺"这个景点之名做了美好的艺术诠释。

画中游

我住山水间,推窗入画帘。

惊起檐上鸟,鼓翅彩云间。

【作品简析】

　　某年笔者居云南苍山洱海民居之中。民居置山水花树之间。窗外即青山秀水、鸟啭花香,开窗如入画屏中。清晨推窗,不想惊起落檐飞鸟。作品将这一瞬间的画意即入诗情,通过这个小片段、小场景秀窥一斑,展现了七彩云南美丽的景色,流露出笔者乐在山水身心陶醉的情绪。也是小诗写巧景的品例之一。

悯　渔

漩波浊浪间，危看打鱼船。

涛横荡起落，风疾立帆难。

网得半舱鱼，拼却一命悬。

生死渔家运，能市几多钱？

【作品简析】

　　此作构思于北戴河海边。当时大风突起，浪逐波涌，只见一艘渔船随波涛起伏颠簸，作者不禁为船上渔民的安危担忧。作品前四句以风疾浪高描写渔船所处的险境。开篇用"危看"二字，一是以笔者亲眼所见加强对风高浪急险恶环境的渲染；二是开篇就暗示了笔者的担忧，为后来表达悯渔的情绪做了铺垫。后四句直接道出笔者担心渔人为生计冒险出海捕鱼的感受。作品记述、描写了渔民怒海捕鱼的惊险情景，体现了渔民生活的艰辛和笔者对他们真切的关心与同情。设问也是一种修辞方法，作品以设问结尾，可以留给人们更多的联想与思考，从而达到使诗意延伸，诗味悠长的艺术效果。

泾县赞

泾川宝郡，徽南名邦。秦汉旧县，源远流长。

东谒敬亭，九华西望。南瞻黄山，北引中江。

孙吴鏖战，三国疆场。皖南惊变，千古留殇。

人杰荟萃，首赞稼祥。文以垂世，三吴书香。

宣纸绝艺，天下无双。泼墨中国，万千气象。

湖山叠秀，稻蔬碧浪。林竹映掩，青瓦白墙。

汀溪染墨，房船奇想。清江碧透，桃花水长。

涌溪火青，佳品独享。兰香幽韵，回味悠扬。

域小名高，落落大方。锦绣家乡，焕焕大光！

【作品简析】

此作及以下几首有关安徽泾县的作品都作于2008年到2019年之间。这些作品不但描写了皖南泾川之地的美丽景色和风土人情，也表达了笔者对这片南国之乡的热爱和赞美之情。

安徽泾县很长时间不为人们所熟悉，其实这是一个山川秀美、文明昭彰的皖南名乡。闻名世界的传统宣纸制作文化遗产，王稼祥与并称"三吴"的吴作人、吴玉如、吴组缃等文化名人，新四军军部及皖南事变发生地等历史遗迹，桃花源、青弋江、洋船屋、查济古建筑群等著名景点，涌溪火青、汀溪兰香等香茶雅茗，完全可令其引以为傲！陶醉其中，笔者赞誉之情油然心生，畅然而作。笔者喜用四言诗写江山胜境、古今历史方面的题材，感觉其优点是容易产生偶列而进、排阵阔大、朗朗上口的艺术效果。我们在学习一些具有代表性的四言古体诗作品时应当有所感受和启发。关于古四言诗另有他篇之论，此处不再赘述。另外，这种内容丰富、规制较大的作品，需要较强的文辞储备和遣词造句、谋篇布局的能力。

皖南村光二首

其一

白墙青石瓦，绿畦水畔家。

风哨茂林竹，鸟啼腊梅花。

树上立鸣鸡，檐下卧肥鸭。

柴机唯老妇，闲坐弄雏娃。

其二

水伴绿畦旁，青瓦覆白墙。

庭掩茂竹青，墙出腊梅黄。

牛栏余空厩，雏娃困独床。

老妇炊烟里，正备晚厨忙。

【作品简析】

作品写于 2008 年 8 月笔者在皖南期间。这两首诗描写的是安徽皖南林区一农家的日常生活场景。同一时间、同一地点、同一描写对象，分两首来写，一是因为感受丰富，一首不足以完全表达，二是同景不同篇可写出不同的意境。同景双生而诗意各见，是笔者同景异写的一种尝试，也不失为诗变的一种手法。两首作品以不同角度、不同造境，分合相宜，互为衬美，描写了皖南农村安逸闲适的生活状态。

两诗中有不少同景不同境的地方。如，同是前四句写景，前首写梅、竹的动态，后首写梅、竹的颜色。侧重不同，互衬互见，使梅、竹的形象更觉立体饱满。在两首诗的后四句都出现了"老妪"的形象，但第一首写老妪闲坐弄娃，后一首则写老妪起身炊饭，使"老妪"的活动分解并连续在两个场景中，同样是侧重不同，互衬互见之笔。

后一首"牛栏"一句暗道农家之主早已下田劳作，遂将第一首没有出场的另一主人公带出，从而延伸了诗意的景深。此处也是作诗的含蓄处。这种一景两诗（或多诗）的形式，使写作题材得以高效利用，拓展了诗歌的表现空间，也增加了阅读欣赏的情趣。对于笔者而言，同题异写也是写作功力的磨砺和考验。同时，笔者二诗特意使用不同声韵，也强调了二诗相对的独立性。

黄田洋船屋

凤子河畔泊巨船,砖砌石雕欲辞岸。

只待孝儿奉母就,破浪即行绿水间。

【作品简析】

　　洋船屋是安徽泾县黄田乡的一处清代建筑遗存。相传为当地富商朱一桥为孝敬母亲而建。建筑模拟外国轮船设计建造在凤子河附近。马冲河的河水从船屋两侧奔流而下,使人产生船行水中的感觉。建筑理念高尚,设计巧妙,宏伟奇特,令人赞叹!诗中河边砖砌石雕泊而待发的巨船,只等孝子奉扶母亲就船便马上破浪起航在青山绿水之间,这是人间何等美好感人的诗情画意!笔者充分领会洋船屋本身的设计理念和建筑特点,把船景和孝念巧妙地融为一体,通过想象,情景交融,巧妙地把一艘砖砌石雕的假船写成了载满孝心即将前行碧水的"真船",从而既描写了洋船屋的建筑之美,也赞扬了建造者的孝德之美。

桃花潭今昔

青弋江头桃花潭，碧浪清波水含烟。

东园古渡寻汪伦，谪仙楼上拜诗仙。

踏歌一曲今何在，太白一去沧海远。

而今潭水仍千尺，却看人情方寸间。

【作品简析】

　　这篇作品描写了桃花潭优美的景色，回顾了汪李之间的真挚友情，抒发了对现今某些情薄义少社会现象的慨叹。第一、二句大写意式地描写桃花源的位置和美丽景色，但就此打住。第三、四句记叙游览的经历，重点选择了东园古渡和谪仙楼这两处具有代表性的古迹遗存。上句写汪，下句述李。后面两句抒发了对汪李深挚友情早已无处寻觅的感叹，也为转承结句进行了铺垫。最后两句化用李白名句，以桃花潭的深邃与现在社会人情的淡薄作喻比，间接赞扬了汪李深挚隽永的友情，直接对某些友情凉薄、人情冷漠的世象进行了痛切的批判。

万物荣华　江山如画

青弋江晨意

清江流澄碧，岸树葱烟聚。

翠练船头剪，绿绸青山系。

渚落白鹭轻，水映丹霞绮。

红浪逐天远，驭风银龙去。

【作品简析】

　　泾县青弋江是长江下游最大的一脉支流，流经泾县、宣城、南陵等地，于芜湖注入长江。诗中景色取景于泾县一段。作品描写了清晨红霞映衬下的青弋江碧浪奔涌、江流浩荡的景象。作品前四句集"青""翠""碧""绿""葱"等字，充分描写了江南的绿之本色。后四句则又调"白""丹""红""银"四色杂染，表现了江南风光的另一番多彩多姿之美。

　　人们常常陶醉于绿色江南的柔美，其实江南的柔美之中亦多存浩荡之气。笔者正是抓住这个特点，跳出绿色江南之外，用"白鹭""红霞"破出绿界，又把浩荡的龙奔飞浪引入诗篇，展现出了南国"刚柔并济"之美。

江南有奇树

江南有奇树,叶分两色浓。

绿叶余夏荫,红叶讯秋风。

丹碧分江影,似解醉吟翁。

半江尤瑟瑟,半江水流红。

【作品简析】

泾县青弋江边列有奇树一排,其叶红绿两色,丹碧分明,北方未见,令人称奇。树影入江,漂红荡绿,让人不禁联想起白居易"半江瑟瑟半江红"之意境。作品前四句描写了此树合夏秋二季之色为一树的奇观。后四句由白诗名句化出,自然贴切地描写了由此树印江而来漂红荡绿的奇特江景,也对白诗意境作了另一番艺术阐释,从而生出别于白诗的另一种诗意。提示:如果我们写作中需要援引古诗入篇,一是应注意出处清晰,"无一字无来历"。二是应做到化用有魂无痕。三是应注意勿作曲解歧用。

万物荣华　江山如画

西山行吟

西山碧远，翠峰成环。乾宇尽透，风催云滥。

玉塔秀矗，香稻一片。昔日帝王，正传御馔？

佛香仙阁，昆明映艳。皇家宏庄，颐和人间。

如此画卷，似水流年。置身天地，弘吸浩然！

【作品简析】

　　此作作于2020年初秋。北京9月的西山，天清气肃，山明水澈。东望玉泉山，远眺颐和园，极目舒天！不由得令人从肺腑里生发出一种抑制不住的浩荡诗意。诗出真情实感，吟诵即到嘴边。还没下山，腹稿已成。前两句写西山，三、四句写玉泉山，五、六句写颐和园，七、八句抒发胸臆。采用由近及远的写作方法，层层推进，把湖山秀色一步步推入读者眼帘。这种写法特别适合描写开阔壮观的景物。中间两句，每句前面写景，后面写意，拓深了景物的历史背景和人文内涵。

　　四言诗属古体诗一类，也是中国古典诗歌体裁的一种。渊源上古，至《诗经》典出，汉代仍然流行。其中曹操《步出夏门行》等为代表作，但后世创存甚少。究其主要原因可能因为四言句容量较小，变化空间少，节奏相对单一。但《诗经》《步出夏门行》等仍然不失伟作。曹操的四言乐府《短歌行》更是著名的"建安文学""建安风骨"代表作之一，说明这种诗体自有所长。古体四言唐以后虽不多见，但此诗体具有"词严气伟"（明徐师曾《文章变体序说》）、列阵排出、气势宏伟、古拙庄重、节奏明快等特点，用于咏史言志、壮景浩情的作品具有很好的表现力和韵律美。我们不应弃古人之所弃，而应当扬其长而出其新，避免使其暗淡、淹没于中国古典诗歌发展的灿烂长河之中。笔者重拾旧体，着意使这首四言作品生成一种荡气回肠、壮阔高远的气势，就出于这种继承光大的追求。

　　作品用字上也有刻意，"风催云滥"一句用一个稍带贬义的"滥"字，反而表现了秋高之际风高云恣的生动形态。这种"贬词褒用"的方法用得巧恰往往极富表现力。通观作品，抒发了笔者置身天地、领略河山的浩气情怀。

香山寄颂

静宜清园独所爱,好山与我共心裁。

霜染丹流千山外,月浸翠微一湖白。

重阳阁飞闲云远,玉华院渡松风来。

永安梵钟绝尘响,洗心高亭最情怀!

【作品简析】

  这是一篇赞美北京香山的作品。香山又名静宜园。北京园林之中笔者独喜香山,不仅仅钟情于其秀色葱茏、名景林立,更倾心于其山水灵动、清新脱俗的内在气质。作品开篇直言对香山的情有独钟,强调这种喜爱已经上升到物我相通的心灵层面。用意一是在内容上强调喜爱香山的程度和精神层次。二是在形式结构上为呼应结尾的主题升华埋下伏笔。这里需要注意一个细节:笔者第一句不用香山之名而用其别称,并非无实际意义的替用,而是自有道理。原因在于全国以香山命名的地点有几十个,不加特定符号或生混淆歧解之虞,此举正是笔者匠心严谨之处。这种细节的严谨是为诗者艺术创作的一种态度和责任感,不可忽视。

第三到第六句通过对香山几处著名景点及其特点的描写，表现了香山秀美灵动的景色，回答了笔者钟爱此山的耳目之因。其中以"丹流"替名红叶，目的是避开大量咏香山作品红叶入诗的累用。结尾两句则更进一层，解答了独爱香山精神层面的原因。诗到此处主题便得到了明确与升华。

作品另一艺术特色是运用"嵌名诗"的手法，将景点名称在诗中直用、化用、寓用。"嵌名诗"是一种把人名、地名、物名等名称有机嵌筑于诗中的诗歌形式和表现手法。运用得当会产生一种厚蕴才思、玄机内藏、富于情趣的特殊艺术效果。作品中翠微湖、重阳阁、玉华院、永安寺、洗心亭皆为香山景名，将其融汇在诗句之中，贯通一体，衔筑无痕，使其与相关内容形成内在关联，暗合句意，潜托主题，从而提高了作品的艺术表现力和感染力。名山胜景的命名都是古人智慧的结晶，往往高度概括了此境此景的特点特色，我们在景物诗创作中大可拿来巧用而化出新意。此点可与本集中《武当山》一篇参照互读。

香山早行

黎晖踏香山,得此清界闲。

临风坐高亭,极目眺远峦。

古柏呈阴厚,鸟鸣寻踪难。

忽闻人轻语,娓娓山径间。

【作品简析】

　　这首作品是笔者登香山的感记,表现了香山清朗幽静的环境和笔者贴近大自然追求内心宁静的情绪。作品采用的是先远后近,先景后声,景声互动的手法。篇首二句交代出行及目的。下面二句写笔者远眺看到的远景。五、六句则把景物拉近,描写周围的景物。终篇二句则转向了附近听到的声音。这是一种静中有动,动以托静的艺术手法。声音的传播是一种动态,写悠嗾的鸟鸣、轻语的人声,反而突出了山林"清界"的幽静。同时,作品前面六句皆写景,结尾突然引人入境,这种以人破景的手法使诗歌画面更加丰富,增强了诗意的变化,营造出了人景互动、有声有色的诗境。

香山述秀

香山独秀峙，何处胜景持？

枫花红遍日，西山晴雪时。

【作品简析】

  燕京八景是北京著名的历史景点，其中由清代乾隆帝亲自定名题写的"西山晴雪"碑即坐落于香山之内，与香山红叶共为该园的标志性景致。作品以简洁明快的笔墨和高度概括的笔法描写介绍了香山极具代表性的景物景点，使人们一览即得精妙。同时，笔者写诗始终视用字用词粗俗平淡、趋步拾故为大忌。要求自己创用优美丰富、出新出奇的辞藻以创作优美新颖的作品。如果诗句字字如金似玉，诗歌自为堆金砌玉之品。这首作品中，笔者出"枫花"一词代替"红叶"，不仅更具诗美，也避开了万人繁累写"红叶"的俗弊。再如题目中"述秀"一词的创制也使诗题更加简明优雅地概括了作品的主题。其实，多读一些古典诗歌就会发现，中国古典诗歌作品中很多优美的诗言诗语、美字美词都是诗人们匠心慧心的创制，而每首优美的诗作诗句必然是这些诗美的辞藻所构就的。所以，我们在创作中应勇于创词、巧于造词、精于组词。当然，造词创词切忌不着边际、生拉硬拽、僵冷偏怪。

暮山山行

月皓山房小，星辉林树高。

草芳袭晚露，花香沁溪桥。

风轻吹又止，蛉弱鸣复消。

人眠菊窗下，雀宿柳枝巢。

【作品简析】

　　这首诗歌描写了笔者初秋夜宿山居的所闻所见所感，表现了静谧清新的秋山夜景，抒发了作者身心与自然神交的陶醉之情。山居夜静，风柔花香，沁入脾肺，大自然的诗意直扣心灵，于是诗句临境随心而出。作品着力于依景造境，力争出唯美之诗情画意。篇首两句写星月照耀下的山林之静美，"草芳"、"花香"两句写草香袭人花芳流动之味美，"风轻"、"蛉弱"两句写虫鸣若隐若现的幻美，最后两句写笔者在这美妙景色之中的醉美。全篇犹如一幅暮秋山居图，画意交汇着诗意。芳草可闻，花香可嗅，轻风吹拂，虫鸣入耳，风景亦是心景。徜徉在这星月交辉、花芳草香的意境之中，人们又怎么能不陶醉其中呢！写作这首作品笔者最大的体会是自然之景非全景，化为心景是佳境。写景不能观景写景，而应将自己的身心和情感境界化入景中。当某种事物或者情景深刻感动你心灵的时候，诗意诗句往往便"不择地而出"，这就是诗为心声的本意吧！当然，做到这一点还需要深厚的文化积累和文学造诣。

山居遇雨

风推山门逆入怀,雾障青峦锁不开。

回墙清渠忽涟漪,乱打窗竹新雨来。

【作品简析】

　　此诗描写了客居山村傍晚遇雨的过程。作品按山风陡起,云雾暗集,初雨入渠,大雨随至的自然顺序依次写来,描写了山村山雨急来的景象。同时,作品着意在动态中描写景物,句句是景,句句活景,使作品化为了一幅活动的山水画。诗歌是自然科学和人文科学的艺术表达,故写诗应当注意内容内在的逻辑性和科学性,描写大自然的作品应当遵循其生发变化的规律,使描写的内容不违科学,不悖常理,不违背自然规律,万象有缘,井然有序。另外,写景应注意把景写活,避免平面化。方法上笔者心得之一是精心于动词的炼用。比如,末句"乱打"二字,就形象地表现了山雨初落时风疾雨迅的情景。

百花山秋行

暮向花山行，金飔满翠峰。

寒林舞苍黄，清潭落碎红。

花艳紫菊香，霜重白草浓。

清辉蝉鸣老，秋思伴月升。

【作品简析】

　　这是一首描写北京百花山秋景的诗作。作品描写了百花山多彩而沉静的秋色。头两句写时间、地点和所处的位置与环境。这二句简要交代这些要素是写景述地作品的基本模式之一，但应将这些要素巧妙地融会诗中不露痕迹。中间四句（律诗则为颔联和颈联）是描景写物的主要篇幅，具有中流砥柱的作用，是诗歌创意造境的主要部分，必须狠下功夫。本作品中间四句抓住百花山秋天色彩十分丰富这一特点，让黄叶、红叶、紫菊、白草在诗中飘落摇曳，就把百花山五彩缤纷的秋色呈现在了人们面前，从而托起了全诗的秋山神韵。结尾两句则在暮色转夜色的时间变化中进一步描写百花山的秋色，使作品在更加深沉静溢的秋味中结篇，给人们留下一片悠远深邃的秋思。

万物荣华　江山如画

游山不得归

五月百花繁，车水马龙天。

水秀同争渡，峰俊聚登攀。

山陡一径窄，路狭万人攒。

暮落林风起，明月照不还。

【作品简析】

　　作品写于某年"五一"。当时正值旅游旺季，各处景点莫不游人如织以至为患。笔者避之唯恐不及之余以此作记录了游人遭遇的囧况。作品概写了节假日人们蜂拥出游的情况。具体描写了游客下山时拥挤不堪、下山困难的实状。最后"暮落""明月"二句，以王安石诗意反出，化意巧妙，更觉作品诙谐幽默具有讽刺意味。

农家灶台鱼

清江鱼鲜名灶台，隔墙追风奇香来。

唇粉皮青膏脂细，葱绿姜黄豆腐白。

【作品简析】

"灶台鱼"是北方农家的一种民间特色美食，以清江鱼为主材。作品通过写生各种食材的颜色，表现了农家土菜的鲜美。作品艺术表现上一是用美术绘画比色调色的手法，突出渲染了各种食材丰富的色彩，并在句中精心安排色彩搭配，以充分调动读者的色感和味觉，使作品产生了一种诗浸鱼香的艺术效果。二是精心安排句子构意，第一句交代鱼名和菜名，第二句写鱼之香及对人的吸引力，第三句写鱼的颜色和特点，第四句写调料的种类和颜色。每句安排都有目的地突出菜品的鲜美，最终使这首作品成为一首"色味俱佳"、令人"垂涎欲滴"的美食之作。

房山云水洞探鸟

苍山小径暮色浓,忽闻草蓬啁啾声。

拱背蹑行寻声探,扑棱惊入白云中。

【作品简析】

  作品作于暮春时节携女儿至北京房山云水洞郊游之后。这首诗以活泼幽默的风格记录了笔者郊游山野遇到的一件趣事。作品通过对羽鸣翅影以及人物动作的细致描写,声情并茂地再现了笔者探鸟不成的过程,也间接衬托、表现了静穆灵动的暮山景色。象声词"扑棱"把草丛中鸟儿受惊后一飞入云的情景表现得活灵活现如历眼前。诗贵在含蓄,实际上诗外还另藏有一层隐而未宣的诗情画意:当时六岁的女儿也学着爸爸的姿势猫着腰悄悄跟在爸爸身后。藏在草丛中惊起的飞鸟把她吓了一跳!小囡惊愕之余,父女对视,哈哈大笑……

村　行

百里城东畔，田后野村边。

花径达山麓，石渠漱林泉。

村居柴门闭，草舍乱墟烟。

隔墙听犬吠，临街人语鲜。

客店酒帘斜，农家稻粱饭。

最慕篱下翁，独坐一身闲。

心静冥思聚，神宁远世喧。

欲上归城路，回首返流连。

【作品简析】

　　这首作品从多个角度刻画出一派淳朴宁静的山村生活景象，表达了笔者对这种生活环境、生活状态的向往，其本质上是对洒脱纯净精神境界的追求。作品前半部分写自然之景，描写了村庄山幽路僻、清渠环绕、炊烟袅袅、鸡犬相闻的恬静景象。下半部分遣主人公进入画面，让其置身于具体的场景中，以亲身所见所历，道出自己对这种恬淡清静生活的感受和向往。全诗八句，采用古风的形式。这种载体形式比较自由，可以使笔者能够比较充分地、多角度地描景写意。正是古风的这种特性，使作品得以有体量、有空间从多个角度和层面比较从容、充分地描写了山村景色和村居生活的魅力、抒发了笔者的情感。

颐和园落雪

风雪万寿山,昆明烟水寒。

楼台玉絮迷,林树琼芳满。

波凝割南岛,凌严冻画船。

西堤白沙渺,皑皑眺玉泉。

【作品简析】

　　1992年冬北京大雪,笔者望窗外碎玉漫舞雪树银花的景象遂生起颐和园观雪之念。冬雪中的颐和园银山素水,湖山一色,蔚为壮观。诗的头两句全景式地概览颐和园壮丽的雪景,后面四句分别描写了万寿山琼楼玉宇之色和昆明湖冰封雪凝之景。结诗二句又把镜头推向了远处的玉泉山,其带来的艺术效果就是增加了景深,扩大了景物视窗,把人们的眼界和心绪带到了更遥远、更开阔的冰天雪地之中。这种先全景后聚焦,先面后点,点面互出,近拉远推的手法使作品表现出一种蒙太奇式的艺术效果。

万物荣华　江山如画

胡同京韵

京城织古巷，通衢折八方。

四合玲珑院，百年老槐墙。

金柱朱宇门，如意小帘窗。

闲茶对弈翁，谈笑出京腔。

【作品简析】

　　北京的胡同历史悠久，独具韵味，是老北京的特有符号。它不仅仅是人居建筑，更是一种京城文化和生态，也是北京人缅故怀旧的载体。笔者曾经在胡同里度过了学前的童年时光。还依稀记得四合院东墙的一排大槐树，每到五月，槐香便透窗而来，浸满了全院。男孩子们拿了竿子钩下槐花，小丫头则捡了插在头上。笔者以自己的童年记忆为基础，抓住北京胡同四通八达、贫富连街、老树旧墙等最典型的事物和景色，又构出临街对弈、话出京腔等北京胡同最常见的人居生活场景，精心勾画出了一幅老北京胡同的民俗画。作品起始两句描写京城胡同布局的基本特点。接下来描写胡同代表性建筑四合院。又用两句以对比之法突出胡同贫贵相连相生的特点。结尾再施引人破景之法，以独具老北京特色的生活场景表现了老北京人日常生活的一个侧面，进一步渲染了作品地道的"京腔京韵"。以"金柱"一句为例，北京胡同里各式各样的大门是一道亮丽的风景线。各种样式的门特别讲究，分为广亮门、金柱门、如意门、蛮子门等等。前两者为达官贵人之宅，后两种为平民商贾所居。正是因为这些造型各异、规制不同的门是北京胡同最典型的符号之一，才被笔者作为一大素材选入诗中。

万物荣华　江山如画

市景二首之一

大都灯火喧，华宇陋屋联。

相隔街与墉，对面壤比天。

萌草绿残瓦，新花艳颓垣。

春来又一年，翘首待官迁。

【作品简析】

这是笔者游历北京胡同时的印象和感受。北京老旧房改造搬迁一直是一个难题。尽管国家巨力改造，但由于历史负担过重，仍可见到一些高楼广厦之下老房旧屋相连的情况。作品表达了对这个问题的关注，传达了人们改善这种状况的期待。"萌草""新花"两句以景寄情道出了人们乐观的信心和祈愿：颓墙老屋上初绿的萌草、艳开的鲜花是春天的希望，在政府的帮助下这种情况必将逐步得到改善。

现代人想写出具有古风古味的古典样式的诗歌，方法之一是需要在写作中注意古言古语的运用、化用。这篇作品中"大都""华宇""官迁"等词汇的化用增强了作品的古风古味。"大都"是北京的古称，即元大都，"华宇"是古人对高大房屋的称谓，"官迁"的"官"是古代政府的俗称，它们都是与古代"沾亲带故"的词语或概念。

市景二首之二

盛世修广厦，大辟天下寒。

京城首善地，寸土抵万千。

居者欲其屋，倾囊巨债悬。

待得房归日，或已近暮年。

【作品简析】

　　这首诗继上一首从另一个角度反映了北京乃至全国一些地区房价的现实情况以及给人们生活带来的一些困扰。篇首化借老杜诗意，赞扬当今时代广修楼宅使人民群众居者有其屋的盛举。也使开篇顿觉古意盎然。接下来数句则反映了仍然存在的地贵价高的实际情况以及一些购房者负担较重的问题。作品使用写实、夸张并用的手法以显示这个问题的严重性，强调了逐步解决这个民生问题的迫切性、重要性。

万物荣华　江山如画

残碑落照

八王寻遗踪，孤坟荒苔径。

百战骁将勇，一世帝王功。

威名成枯骨，青史逝松风。

颓垣断蓬草，残照落碑铭。

【作品简析】

笔者曾谒览北京八王古坟，其时油然生起怀古悲史之感。北京八王坟位于朝阳区通惠河北岸，是努尔哈赤第十二子阿济格之墓。阿济格颇善争战，是后金勇帅。因战功被封英亲王，在诸王中排第八。后因所谓谋篡赐死，遂葬于此。拜临所见，孤坟寂寂，长草兮兮，不禁生起昆明滇池大观楼长联断碣残碑，苍烟落照之悲。帝王命运尚且如此，吾辈何哀命运弄人！开篇二句交代王墓的地点和环境，渲染墓地的荒寂。中间四句记述其功绩。结尾再回应首句，进一步渲染了帝王身后事的哀景，抒发了对历史变迁、命运无常的感叹。写作诗歌，情境匹配、情景交融是出诗意的重要方法。欲表哀婉之情，需选凄凉之景，设悲催之境，遣伤痛之语，则自然悲从诗出矣！

鸡鸣驿

鸡鸣飞来峰，张燕古驿城。

危墙面孤山，烽堞眺莽坪。

苔辙帝王迹，衙巷古宅风。

曾经妃子笑，疾马辞驿丞。

【作品简析】

　　此作是笔者游鸡鸣驿后的思古怀远之作。鸡鸣驿位于河北怀来鸡鸣山下，是中国保存最完整的古代驿站，始建于明代，具有悠久的历史。古驿依山而起，雄伟壮观。那么，怎样去描写、表现这个历史遗存呢？写诗首先需立意，即写什么，要表达什么，然后研究琢磨怎么造境，最后是如何遣词造句的问题。还有一个非常重要的就是要根据所写的对象和立意给作品确定一个格调，使其一以贯之全诗，以增强作品格调的一致性和个性化。本诗为历史题材，描写的对象是古建筑，素材也是历史传说，所以赋予作品苍凉悠远的格调为宜。危墙、孤山、烽堞、莽坪、帝王迹、古宅风以及一骑红尘妃子笑的历史传说就从多个方面和角度渲染了这种格调。

在修辞手法上,作品前六句写景,末尾用"一骑红尘妃子笑"的典故,把人们从对古驿站静态的观览中带入动态的历史场景之中,活化、深化了作品怀古的主题,使读者在对古老历史的联想中体验更深一层的怀古情绪。

居庸寻古

居庸恃天险，九塞第一关。

嵯峨望太行，叠翠矗燕山。

云台六经立，关城古剑寒。

古来兵家地，千里御中原。

【作品简析】

作品创作于作者登八达岭长城后。居庸关是京北长城的著名关隘。登上居庸关，一种古代烽火边关的氛围就会向你聚拢而来，使笔者立刻产生了一种怀古思远的创作冲动。作品前半部分用精练的语言展现了居庸关重要的地理位置和壮观的外景。后半部分则回顾了相关历史事件和它在历史上的军事功能及其重要作用，是怀古的主要内容。

写一首关于古代建筑或历史遗迹的诗，一是需要注意以下几个要素入诗：历史背景、地理位置、环境景色、文物遗存、历史事件、历史人物、传说典故、功能地位和建筑特色等等。当然没有必要也不可能面面俱到。二是需要注意营造能够引导人们回顾、回忆、回溯历史的意境。三是需要注意把握、创造这类怀古述遗作品深沉、悠远、古拙的基本格调。这里，还可以与本集中《鸡鸣驿》一篇对比参读。

金台夕照

燕王尊马骨，雄造百尺台。

高宗镌御笔，哀荒残碑埋。

今为大国谋，首善聚贤才。

重修千古事，旭日照金台。

【作品简析】

"金台夕照"一说源于战国时期燕昭王筑高台置黄金于上以招揽才俊的典故。后乾隆帝御笔亲题"金台夕照"之碑，是为燕京八景之一。作品前四句用简练的语言追溯了"金台夕照"的历史渊源。后四句由古及今，提出了新时代重视人才的重要性，也是作品的主题所在。结句别出心裁，反"夕照"之意，出"旭日"之新，表现了笔者对广纳人才，招揽天下贤俊以兴邦利国的热切希望。凡咏史怀古之作，内容上需要注意以下几个要素：明史实、通古今、择扬弃、托寄怀、出感悟。作品前四句询古明史，后四句以古系今，使人们怀古思新，这应是怀古诗追求的目标。

辅仁大学怀思

古巷王府存书院，白玉楼堂碧瓦檐。

高师辅育授经纶，英才仁德尊杏坛。

故廊渺闻木铎声，旧亭似传学子喧。

百年文津书香地，至今桃李毓荣妍。

【作品简析】

　　辅仁大学始建于1925年，是当时北京四大名校之一。后并入北师大。立校期间名师荟萃，学子芝兰。建筑中西合璧，古香古色，是国家重点文物保护单位。笔者每每经过都会引起阵阵遥思遐想，故成诗以记。开篇概写位置和学校外貌。"高师"、"英才"二句写该校去往今来的历史和成就，赞扬其高师俊徒的传统声誉，其中暗含"辅仁"二字，切其校名辅育仁德之意。"故廊"、"旧亭"二句是对昔日学子在校学习、生活情景的想象和再现。怀思咏故之作不能空洞无物，要通过具体表现往日之景象使所怀之事之人之物有声有色具体可感场景再现，形成强烈的代入感。终篇两句写其继往开来、再续辉煌的现状和展望。作品在内容结构上每句皆有精心布局，描外貌、赞成就、忆往昔、向未来，形成了全面而紧密的内在联系，从而比较充分、有序地表达了笔者的怀故思新之情。

大觉寺禅春

其一

西山远翠发,新绿拜佛家。

古寺禅房外,满树白兰花。

其二

春萌西山远翠发,渐渐新绿拜佛家。

红墙古寺禅房外,一夜满树白兰花。

【作品简析】

  此作为偕友人访西山大觉寺的春日写生。北京大觉寺内有百岁玉兰,逢春怒绽,给寂静的寺院带来一种梵花盛开的禅意之感。作品从西山到寺院、再到禅房,最后聚焦到玉兰花上,由远而近有层次地描写了大觉寺初春的景象。同时,笔者为大觉寺的春色涂上了丰富的色彩,以春之闹色故意打破禅之素静,从而让禅意尽染春意,别有一番禅美意境。

这首诗可与本集中《大觉寺禅秋》一诗参照而读，从中感受两个季节转替给大觉寺带来的不同禅景禅意。笔者在两个不同的季节里，到同一个地点取景，以求同景异境的诗情画意，也是颇具诗心了！欲出得意之诗，需不惜心力脚力，这是笔者在写作中的深刻体会。同一描写对象在不同的季节、时机、环境和背景下取其入诗是在诗歌创作中丰富素材、提高素材利用价值和效率并寻出新诗意的一种好方法。

大觉寺禅秋

其一

千年银杏黄，老藤紫萝香。

清钟发宝殿，秋风过禅房。

其二

千年银杏洒地黄，老藤静悬紫萝香。

清钟点点出宝殿，秋风阵阵过禅房。

【作品简析】

　　这篇作品相对前作而出，描写了秋天的大觉寺。头两句抓住大觉寺秋天最具特色的两种植物——千年银杏树和老藤紫萝烘托寺院秋色，透出大觉寺的古老和寺院秋天的苍凉。后两句聚焦寺庙特有的事物——钟声、禅房、大雄宝殿极写其秋禅之味。七言一首中用叠字"点点"写声音似悖，但细细体会就觉禅钟清脆声声入耳。下一句用"阵阵"，而不用"袅袅""瑟瑟"等，是因为"袅袅"过于浪漫，与佛门庄重的氛围不和，而"瑟瑟"又过于冷肃，与诗歌祥静的整体格调不符，所以最终折其中使用"阵阵"平出为恰。两首作品五、七言同陈，加字减字之间或出异曲同工之妙，也可感受五言、七言之通变。

寻寺不得

山深寻古寺,峰廻迷梵踪。

鸦雀惊起处,禅钟一声鸣!

【作品简析】

此作描写了在山中寻寺迷途,忽闻钟声指路的过程。作品有意制造出一种先阻后畅的艺术效果,给人带来了一种山重水复、柳暗花明的惊喜感。风格上,作品着意营造出一种空灵悠远的禅味。不仅仅写实,作品中山径迷途禅钟指路的过程,不也是人们一种佛引迷津出凡尘心路的写照吗?禅诗的魅力往往出自一种超凡脱俗的空灵之美。写作涉及僧佛寺庙的诗更需在"佛性空灵"上下功夫,这是禅诗的灵魂所在。本集中其他几首禅意佛心之作也不同程度上体现了类似特点。

借这篇作品谈谈诗题。此作拟题为"寻寺不得",而作品内容是"寻寺终得"。这样设题的目的在于设置悬念,以达到先抑后扬、豁然开朗的艺术效果。同时也可以吸引读者探求的好奇心和兴趣,给他们发挥想象力留下空间。诗题是诗歌的重要组成部分,是诗歌的"头脸",需要精心设置。诗题的主要功能有以下几个方面:一、概括、深化作品主旨；二、概括作品主要内容；三、对作品内容、思想进行补充；四、对作品进行修饰、美化和渲染；五、与内容互为补充、相得益彰；六、吸引读者并对读者进行启发和引导。方法主要有直奔主题、含蓄委婉、出奇制胜、画龙点睛、引经据典、陈仓暗度、设置悬疑等方法。

为友人禅意摄影配作

山僧轻语论禅房,不觉窗外银杏黄。

万事皆空无四季,只伴青灯古佛旁。

【作品简析】

　　此诗是笔者为好友摄影作品所写的配作。通过对山寺僧人禅房论经,浑然不觉秋色已渐的描写,表现了出家之人梵心专注、六根清净的精神境界。作品营造了尘外净土、佛门禅寺特有的清肃静谧的环境氛围。这也是这本诗集里的另一首禅意之作。空灵清寂仍是作者创作这类作品追求和表现的突出格调。

古寺虚烟

古寺虚烟盛，虔客摩肩踵。

趋鹜上香烛，居家不诵经。

喃喃颂祝繁，连连礼拜诚。

所祷福与财，所愿寿与命。

众生祈愿多，众佛何日宁？

陀佛慈眉皱，天王瞋目瞠。

贻笑看弥勒，怒剑坐虚空。

心中驻菩提，何必赴大雄！

【作品简析】

　　这篇作品作于山西五台山。笔者曾与友人论及现在寺庙香火之盛，友人谈到自己的一次经历：某年大年初一早起赴北京潭柘寺上香谒佛，尚早，山门未开。遇一扫地僧，他说："你们如果心里有佛，没必要一大清早大老远到这里来。"其僧之言，禅心明示，深以为然。后笔者游历各地寺庙，每每看到人山人海上香礼拜的场面，总是想起这位僧人的这一番禅语。作品以"虚烟"为题开宗明义。前半部分以讽刺为基调，描写了一些香客礼寺拜佛的行为举止。下半部分借佛姿佛态表现了对这种行为的反感和讽刺。艺术上这是一种借象达意的手法。最后一句摆明了笔者在心为佛的观点。作品揭露、批评了社会上一些人烧香拜佛看似虔诚实则贪求的虚伪。作品运用古风长句，使作品的主题得以充分体现，可见古风今裁的优势和长处。

友人南极寄照感记二首

其一

环宇极南地，白雪矗蓝峰。

雪厚洪荒集，峰寒古来冰。

海阔鸥鸟聚，洋深潜大鲸。

天光化五色，巨浪啸西风。

千里无国度，自古不疆封。

列国筹谋久，觊觎破天成。

傲我大国威，冰海走雪龙。

安得护净土，永续此洲宁？

其二

环宇极南地，白雪矗蓝峰。

海阔翔鸥鸟，洋深潜大鲸。

天光化五色，巨浪啸西风。

天成遗净土，怎续此洲宁？

【作品简析】

　　1993年，笔者一科学家好友曾随国家第十批考察队赴南北极考察，其间寄赠极地照片并全体队员的签名信，甚为感动，为此成诗以记。作品的前四句描写了极地冰峰雪覆的环境和独特壮丽的景象。后四句则追溯历史渊源，表达了保护好这片地球最后净土的忧虑和呼唤。这是一种先写景后议论的写作手法。生动的写景与深刻的议论及观点相结合，提高了作品的思想性，升华了作品艺术表现力的深度。艺术上需要注意的是，古风虽然形式比较自由宽松，但依然要讲究一定的形式要求，如押韵、对仗、定句定言等等。此处从主诗中择其精要，提炼出另一首五言，体变而魂不离，景色依然壮美，主题仍然鲜明。

夜眺天河

夜阑星稀残梦断，寥廓万里远山暗。

清风透窗振襟袂，明月穿帘照肝胆。

乱云争渡竞苍冥，一星飞落破长天。

三更孤影立天地，子夜神伤却浩然！

【作品简析】

　　作品作于1989年。在这首诗作中，作品里的主人公夜梦初醒，瞭望苍穹，不禁生出万千感慨。星河壮阔，皓月在天，正与主人公的境遇、志向、心胸相契合，但徒有高天之志，也无法逃脱一星飞落的命运，残梦正是无法实现人生抱负的写照，也正是作品的诗旨所在。

　　作品前两句写主人公梦醒所见。苍茫的夜幕是其沧桑幽远心境的写照。中间四句用暗喻手法，借各种自然现象道出自己的胸中块垒和性情志向。结尾两句表现了主人公空怀抱负有志难酬但仍持志不渝、守心不改的精神面貌。全诗境界全出天象，以壮景写壮情，天人合一，景情同体，诗意高远。

梦飞星祷

银浦碧透船中眠,梦沉星落大江潜。

欲驱罗辰化群鱼,一网奉与渔家船。

即转羽飞趋云河,星斗如钻烂长天。

清风何不上三台,吹落人间济苦寒?

【作品简析】

2006年8月,笔者应宁波友人之邀夜宿渔船之上,不想星空、游鱼竟美轮美奂入梦而来!笔者在诗中描述了自己神奇美好的梦境,又借上天入地的梦中幻象表达了对劳动人民的美好感情。作品主人公卧船而眠,飞梦银河。梦到群星飞落江中幻化为鱼群,于是幻想撒网捕鱼送给渔民。又幻想驱长风直上九天,把如钻的群星吹落人间奉与百姓。设意高尚,想象丰美,感情真挚。

梦境是拓展诗歌想象力的一种借体,具有极大的想象空间和表现张力。梦为虚境,使我们可以尽情放飞想象力的翅膀,在作品中容纳更加丰富多彩、奇妙新颖、色彩斑斓的遐想。也可以借梦写实,避实就虚,含蓄委婉地表现、映射现实生活。同时,在诗歌创作中巧妙利用梦境造情、造意、造境,可以很好地丰富诗歌的艺术表现手段,增强诗歌的艺术表现力。

雨后星河

日落寒星出，暮尽凉月明。

中天动风雨，长河出碧空。

雾由风吹去，霾因雨落晴。

雨湿云作布，擦亮一天星。

【作品简析】

  这篇作品描写了雨后星空的明丽景象。第一句至第六句描写了高天雨后碧空如洗的景象，结篇两句用一个瑰丽壮阔的想象，把白云比作蘸透雨水的齐天巨布，擦亮了满天星斗，从而描绘出了银河如洗、星光灿烂的壮美夜空。这也是笔者通过奇思妙想营造奇景妙境的诗例之一。黑格尔认为诗歌是想象的产物。想象是诗歌最重要的表现手段之一，也是衡量诗人创造力的重要标准。想象包括假想、遐想、梦想、联想、幻想等等。灵活运用这些想象方式往往可以构出奇妙新颖、色彩斑斓的诗的意境。

睡中听雷

云雕战马腾,雷车驰天庭。

电掣银鞭亮,雨射箭矢鸣。

鼾逐滂沱止,梦惊霹雳停。

缓缓天声隐,朗朗出碧空。

【作品简析】

  这是一首描写夏日雷电的作品,记叙了笔者睡梦中被雷雨惊醒的过程和感受。作品通过壮观神奇的想象,运用大量比喻,绘声绘色地描写了雷鸣电闪的壮观天象和雷雨兴退的过程。用喻造诗应当注意比喻要贴切传神,喻出新奇、喻出妙境。如果一首诗里多处用喻,就要注意几个比喻之间的一致性和关联性。比如,本诗的前四句,每句用喻,都围绕古代战车出喻,云腾天马、马驭雷车、银鞭策马等一组互相关联的比喻完整、连贯,形象地表现了雷鸣电闪的神奇景象。

观虹取舍

云霓跨莽原，七色照大川。

长虹已入心，浮云且过眼。

【作品简析】

　　这是一首借景达情的作品。前二句描写了彩虹即出的壮丽景象，设境瑰丽、气势阔大。后二句借景抒发胸臆，表达了一种集美入心、侧视浮云的心理状态和人生态度。"已"和"且"两个副词相对而出，充分准确地表现了作者对长虹与浮云的不同态度，孰轻孰重一目了然。所以，写作中应当重视各种词类巧妙、合理的使用。另外，首句遣"云霓"二字，是为了照应结句的"浮云"之笔。如果前句只写霓不写云，后面却不知道从哪里飘来了"浮云"，就会生硬突兀，让人摸不着头脑。所以，写作诗歌需要注意前因后果、前后照应、精心捭阖，这才能使你的作品具有合乎情理、可信可赏的艺术价值。

春虹不见

轻云快雨彩虹天,锦色凌空吊画帘。

须臾遁去惊不见,已作花魂入春山。

【作品简析】

　　这是一首风格轻快,联想美妙的作品,作于一春雨出虹之日。雨过天霁之后,彩虹虽然消失了,但它赤橙黄绿青蓝紫的美丽灵魂却飞向了群山,把自己化为了山里初萌百花的灵魂,滋润百花使它们缤纷怒放,给群山带来了万紫千红、百花争艳的春天。作品通过瑰丽新奇的想象描写了彩虹的美好和灵动,对春天进行了浪漫的礼赞。

彩虹劝

愁云眉峰聚，苦水眼池滴。

神伤泪雨射，可架彩虹鼻？

【作品简析】

　　这首诗全程运用比喻的修辞手法表达了一种苦境不悲、乐观豁达的精神境界。在鼻翼两侧架起一环彩虹，在眉目之间聚会一片云雨，作品通过神奇巧妙的比喻，一句一喻，有序按云聚眉峰、眼池蓄泪、泪如雨射、彩虹架鼻的顺序写来，而这同时也是大自然中雨虹形成的基本过程，本喻贴合而出，更觉贴切自然，妙喻有据。作品比喻奇妙贴切，风格活泼风趣，有一种使伤心人破涕为笑的幽默感和触动感，这正是诗歌劝慰人心的魅力所在。

彩 暮

青阶登高亭，黄云眺野坪。

黛峰霞开紫，蓝穹霭染橙。

柳吹风暗绿，人归日落红。

暮尽银星出，月上赭梧桐。

【作品简析】

  这是一篇独特的描写多彩暮色的作品。笔者以浓墨重彩的诗笔，在人们面前展现了一派云霞星月同聚、炫彩五色交织的近乎唯美的迟暮景象。作品主人公在暮晖尚余、星月初上之时，拾青石台阶而登高亭，抬眼看到黄云蔽野，又展眼紫霞缭绕的黛色山峰，蓝天深处也被暮霭染为橙色。再俯瞰亭下，只见在暮色中变为暗绿色的柳枝下，人们在红色的落日余晖里回到家中。最后主人公把目光收回到自己的庭院，此时，星月初上，银色的星辉、白色的月光映照在庭院赭色的梧桐上，夜色降临了……

  笔者调制了十种颜色，着意描写了五彩缤纷的暮色，但绝不是各种颜色的简单堆砌，其中是有人物、有故事、有情节的。作品中的所有色彩都是在主人公的眼帘里得到展现的，也随着主人公的活动演示出其变化。集中色彩之丽是写暮景暮色作品出新的一个独特角度和创意，也是写景作品的一种良法。

晨　勉

寂寂晨独醒，郁郁探晓空。

月隐丹霞绮，星归旭日升。

长河流天去，大江出碧澄。

阳暖振血脉，风疾壮襟胸！

【作品简析】

  笔者以简洁明快的风格描写了一个生机勃勃充满朝气和活力的晨曦。作品也是笔者当时历经磨难、振作而起的一种精神状态的记录。从首联的忧郁情绪到结联的振奋情怀，表现了诗中主人公在大自然的感召下心态所发生的积极变化。中间四句之描景瑰丽壮阔令人振奋。作品用以景壮情的艺术手法，以壮阔的景物托起壮怀的心胸，追求一种天人合一、天人互动的艺术表现力，让人在诗读之中感受到大自然对人心灵的巨大感召力。

孤人独月

今又中秋夜无眠,不忍推窗望月圆。
世人只道月华好,谁怜嫦娥居广寒。
高天冷彻留独影,凉宇万顷一只悬。
星隔万里难为伴,云虽旁渡不流连。
明月夜夜向人间,孤光耿耿照千年。
我与嫦娥两相知,共祝天下尽婵娟!

【作品简析】

　　这是一篇中秋之夜赏月发思之作,作于1999年中秋节。作品设计了两层诗意。第一层用与众人不同的逆向思维方法,不写中秋之月的美好,而去描写中秋之月的孤单。人们常常陶醉于明月的美好和带给人们的祝福,却没有意识到,寒冷月宫里的嫦娥自身也是凄凉孤单的。神仙尚且如此,人们就更应当洞识、接纳人间的孤寂哀苦、悲欢离合。第二层意思是说月亮虽然孤单,却照耀人间千万年,奉献给人们团圆的寄托和幸福的祈愿,这才是月色美好的内涵和真谛。想别人所未想,反他人之常想,逆向利用素材以出新意、出别境是本作品比较突出的艺术特色。

中秋会月

柴桌月饼团,明月同此圆。

月圆本相思,不忍动杯盘。

【作品简析】

　　作品作于安徽。安徽的民间月饼香甜可口又大又圆,所以必须切开分而食之。月饼本是人们中秋寄托相思之物,寄托着人们对团圆的渴望。所以主人公不忍破圆而食,生怕破坏了团圆之形,亵渎了团圆之美,表达了笔者对亲人团圆的珍视和祈望。

春车行

三月风乍暖,一路向春山。

车驰前雾开,笛鸣惊鸟旋。

轮疾峰廓近,窗落惠风甜。

才经芳草地,又入百花园。

【作品简析】

  这是一首踏春之作。温暖的春风吹进人们心里,让人们产生一种按捺不住去迎接春天的激情。这首作品写的是笔者在踏春行车途中对春天的感受。首先,笔者选择了一种行进之中不断变化的动态视角。从起程开始,随着车辆行进,景色不断变化,多角度、迭进式地展现了春天的美丽和车内人对窗外景的欣喜陶醉之情。其次,笔者收集车窗外不断变化的春景,有声、有色、有味,读来令人感同身受、陶醉其中。再次,笔者利用行车的速度感,加快了作品的节奏感,从而体现了车内人迎春踏青的急迫心情,也增强了作品车内观春的独特艺术效果。

  写作中,有一个问题值得思考,就是如何用古诗的意境、语境及手法去表现现代生活？这是笔者创作中最为大费周章、考验功力的课题。比如这首诗中，车是现代交通工具，怎样才能使它在古体诗中无缝衔接而不产生违和感？笔者的方法一是尽量避开现代概念和词语入诗。二是使用古今通用的词语打擦边球，如车、笛、轮、窗等概念、词语在古诗中也屡用不鲜。三是尽可能营造全诗的古境古意，以淡化、抵消不得已入诗的现代概念和词语的影响。当然，运用这些方法的目的不应是一味唯古独驱，泥古拘旧，而是要让你所要表现的现实生活充满古典之美，需把握好分寸，不可因古废今。

陌上不同春

池旁桃李苞初绽，坡上迎春枝已灿。

东风疏篱青苗暖，甘雨悯农润入田。

骚客游子兴春意，百艳千芳入墨端。

不见南陌耕耘人，弓背荷锄泥水间？

【作品简析】

　　笔者曾在农村生活，颇知农耕之艰、深感农人之苦。春耕时节，农事正忙，农民哪有心思像游客一样观花弄草、弄文舞墨！就连风雨都怜悯农人的辛苦，那些文人游客看到农民的辛劳又做什么感想呢？笔者用对比的修辞手法表现了春光里农人与游客的不同生活、情感维度，抒发了爱农悯农的真诚感情。前四句尽写乡村春光之美，"东风""细雨"二句更以拟人化的手法生动、雅致地描写了生机勃勃的田间春色，也从农人的视角表现了在他们眼中的不同春色。

　　这里借此诗谈谈磨字炼句方面的体会。在成诗过程中，笔者曾对"细雨"一句中的用字构句进行了反复磨炼推敲，以求获得最好的诗境。在"乱入""竞入""润入""尽入""齐入"等字词之间来回琢磨，最终选了"润"字入诗。为什么呢？因为"润"字不仅表现了雨润田苗的景象，而且寓有雨润农心的深意，这就更好地符合并深化了本诗悯农的主题。其他几个字都无法达到这样的艺术效果。另外，在"春雨""斜雨""甘雨""清雨""燕雨""细雨"等字词中反复遴选，觉得"春雨"太露，"斜雨"无味，"细雨"空洞，"燕雨"浪漫不合诗意，最终选择了"甘雨"，同时也比其他词语更具现场感。皎然认为"用字贵响"，是强调用字巧恰亮丽，此乃炼字真意。另外，写诗除了磨字炼句，还应注意字句之间的合理搭配。如"东风"既然存"悯农"之意，则与"青苗"搭配为恰。诗歌特别是律诗，体裁短小，字数有限，一字一乾坤，一词一境界，我们应当秉持炼字惜墨、点字成金的严谨态度进行创作。

艳春不见

农人只识春光早，不见百花正妖娆？

驱牛直向田头去，不向娇艳盼分毫。

陇边群芳应识趣，风平叶静花不摇。

芳名只向游人挣，不撩春色误新苗。

【作品简析】

　　这也是一首当春悯农的作品，不过笔者用拟人的艺术手法把视角换成了群花。前半部分以春花的视角描写了一位盛春之时只顾农事不屑赏春、不知惜花的农人形象，是春花对农人的嗔怨之辞。后半部分则写群花"看到"农人耕作辛苦，转而体恤、理解农人，不想在农人面前花枝招展干扰农事。笔者借"花眼花思"抒发了自己悯农的情感，用借物言情的方法表达了对农人的深切理解和关心，从而与上一首作品同题异径，一样很好地表达了诗歌惜农悯农的主题。

二十四春

春条春枝春烟绿,春花春草春莺啼。

春桑春蚕春丝细,春田春苗春秧齐。

春醅春醪春风醉,春闺春妆春心逸。

春光春晖春衫染,春荣春驻春莫离。

【作品简析】

　　这首诗歌是本集中唯一一首以叠字、叠词、叠句构诗的作品。从某种意义上讲,也是笔者一首创新的试作。作品中出现了二十四个"春"字,句句春色,行行春阳!诗外一缕春色,诗内无限春光。笔者正是精心组织这些"春"字入诗,通过这些鳞次而列、层出不穷的"春"字,用浓烈热情的笔调表现了春光之美。作品另一个艺术手法是在诗的后半部分用一个"闺"字破出原本藏于诗中的人物形象:原来,有一位美丽的闺中青春女子就隐匿在这一派大好春光里!那么多"春"字其实就出自她的眼中、发自她的心里,她才是赏春、赞春、惜春的主角!同时,妩媚多姿、生机勃勃的春天寓意了她美好靓丽的青春时光。惜时惜春的情绪,让她发出了"春荣春驻春莫离"的内心呼唤。

作品通过这位少女眼中所见，心声所感，生动热烈地描写了美好的春天，也刻画出了一位春信勃勃的少女形象。艺术上，塑造人物于无形，形象入诗不动声色、悄无痕迹，让主人公自己在已被充分渲染的美好春色里晚场亮相，惊艳登场，走向读者，发人耳目，也是作品写作技巧的一个亮点。

孟春忽飞雪

丽春飞琼花失彩,雪覆群芳万树白。

一夜忽把红装替,今时偏作素妆来。

【作品简析】

  作品描写了2018年4月初北京忽降大雪的景象。春雪突降,初绽的春花瞬间被白雪覆盖,百花争艳突变素裹银装。白雪覆群芳,但群芳并不以为悲,就像爱美而感性的女士们一样,一下子把艳丽的服装换成了白衣白裙,别出一格,别裁惊艳。作品赋花木以人性,"忽""偏"二字借女性往往衣饰多变、随性而为的特点,描写了春雪不期而至、替色皆一的景象,表现了不一样的春之美,展现了大自然的神奇魅力。

夏日清心

天高云闲步,林清杖影独。

荫深眠乏鸟,风轻动吟竹。

【作品简析】

　　夏天酷暑难当,人们唯恐避之不及。春夏秋冬在诗人笔下,描写夏天之美的作品相对较少。但炽日之下,浓荫之中,夏天自有其美。这首作品就是作者有意体验夏之独美的一首"热诗"。作者值正午极热之时至园中小坐,见人迹渺渺,鸟虫寂寂,白云悠悠,碧叶垂垂,清风徐徐,竹吟细细,一种静美的感动油然而生:夏天之美竟是如此和谐细腻!前两句以含蓄双关之笔既是实景的描写,也是作品中并未直接出现的主人公当时心绪的写照。后两句通过生动细腻地描写竹鸟之态突出刻画了夏之静美。写诗如游历,应探人所未去之境才得人所未见之景,体人所未察之感才出人所未料之意,此亦文学创作之本法良方。

夏　恋

大暑释衣披襟怀，摇破蒲扇湿鬓白。

九夏虽惧日火酷，万般不愿秋风来。

【作品简析】

　　本诗写于盛夏酷暑而秋时渐近之际，揭示了作品主人公季节将替、畏惧人之将老的心理状态。前两句通过对主人公一系列富于生活气息的动作的描写，极写大暑之酷热，为下句极写主人公对秋天将临的恐惧做了铺垫。如此酷热都不愿秋凉到来，可见其惧秋恐老的忧思之重！首句"鬓白"二字透出主人公年纪，是符合整体诗意的必点之笔，因为年轻人不会有此感受。"摇破"二字暗写夏暑之酷热，是一种间接描写的艺术手法。

初　秋

秋标摧华发，搔首废竹簪。

绿退蝉声尽，黄飞雁啼寒。

霜重惜桐老，风肃怜衾单。

四时自荣替，不必悲流年。

【作品简析】

　　作品创作于笔者五十周岁当年之秋。这首秋吟道出了笔者暑往秋来，岁月轮转，人将老去的慨叹。开题两句破题而入，明示老境。"疏"字和"废"字都用来表现主人公华发稀少，但前者为外貌的实写，后者描写的侧重点则是主人公的心理活动。三、四句借自然之秋喻比人生之秋。五、六句抒发自己对秋天的感受。"惜""怜"二字道出主人公悲凉的情绪。结尾二句抒发了临秋不废、壮心暮年的积极人生态度。至此，诗歌的基调从悲凉转成豁达，极悲之处出壮言，令人转而为之一振。

万物荣华　江山如画

秋日抒怀

秋日何必伤秋怀？清风朗月野旷开。

物华寂寂心初静，硕果累累送香来。

秋风浩荡洗江天，木叶除旧布新裁。

即到陶家东篱下，黄菊伴酒尽开怀。

【作品简析】

  秋天既是一个容易使人悲伤感怀的季节，也是一个让人充满丰收喜悦的季节。写甜秋还是写苦秋全凭自己的感受和境界，都可以写出美好的秋意。这首作品选择了前者。篇首开篇提问，劝己及人，明问实否。接下来四句根据前面所提出的问题，一句一答，具体解释了为什么逢秋不必伤感的四个理由。结篇两句通过描状作品主人公超逸潇洒的行动表达了不必逢秋即悲的豁达情怀。清风之中，朗月之下，心静如水，吮吸着芬芳的果香，看到江山明丽，体会到秋天虽木叶萧肃却是一个除旧布新的季节，心里豁然充满喜悦，于是效陶令故事，赏菊饮酒，吟诵秋歌，何悲之有？这就是笔者对秋天秋意的另一种解读，表现了作者积极的人生价值取向和乐观豁达的精神世界。

晚秋一瞥

黄叶落明潭，红鱼游复潜。

霜结残荷上，风挑蓼花尖。

【作品简析】

　　这是一首短小精致的晚秋之吟。全诗力求在不出现一个"秋"字的情况下让读者感受到秋色的美好，达到无一字言秋而秋风满纸的艺术效果。在表现手法上则运用丰富的色彩描写和色彩对比，力求给读者展现出一派动态可感、色彩斑斓的秋景。"红""黄"是明色，秋色立见眼前，而霜荷、蓼花为匿色之载体，需要读者去想象它们的色彩，这是笔者有意留给读者们的想象空间，也是诗所以为诗含蓄不露的造意。如果把这首诗后一句改成"霜结青荷上，风看白蓼尖"，就太一览无余了！再如，结句为什么用一个"挑"字呢？一是"挑"字暗喻当时体感无风，但从被微风挑动而轻飘微荡的蓼花尖上还是能感受到秋风袅袅。二是这个挑逗的"挑"字使秋风和蓼花之间产生了互动，使更富动态的诗意跃然纸上，让人感受到静中伏动、纤毫之中的美妙秋意。这种手法使这篇小作诗美盎然。委婉含蓄是中国古典诗歌标志性的特征和风格之一，所以作诗需心思缜密，用心设计，虚实互动，切忌一览无余。

万物荣华　江山如画

十月差赴汉中羁望京秋

江风推我上羁楼，满目锦绣徒增愁。

展眼河山皆物色，家魂唯系是心秋。

【作品简析】

　　这篇古绝写于2002年10月赴陕西汉中期间，表现了萧瑟秋风之中羁旅之人对家人家乡的思念。汉中的秋天天高气爽，通透苍凉。特别是略阳县嘉陵江边的红叶如火，五彩斑斓。但就是如此美丽的外域之秋也没能令笔者陶醉，反而由此生发出丝丝愁绪，原因在于羁旅之人充斥心中的满满乡愁。外域的风光再美也是物色之美，怎么比得上家乡秋色的驻心之美呢！首句一个"推"字，字里藏机，一开始就道出了主人公登高赏秋勉为其难的情绪。愁景皆异色，悲心无丽景，笔者运用情景交融、心境互动之法揭示展现了笔者当时羁旅逢秋、惆怅婉转的心理状态。

秋光寻

满眼皆秋色，何处最秋光？

百川落紫红，千山飞绿黄。

莽林萧瑟瑟，原草野茫茫。

望尽都不是，红叶满家窗。

【作品简析】

　　这是一首寻秋感秋之作，作于2013年秋笔者外地出差期间。作品抒发了笔者"展眼河山皆物色，家魂唯系是心秋"的感受，表达了对家乡和家人的深切思念之情。作品开篇设问提出问题，却不急于回答。中间四句用较多的笔墨铺写山川草原秋色之美。最后两句突然停止铺染，戛然收住，一下子把视角拉转聚焦到家窗红叶之上，宣告家乡的秋光才是最美的，回答了篇首提出的问题。艺术上使用的是自问自答、先铺后收的手法。这种空间大幅度转换的艺术手法，瞬间给人带来一种寻秋瞭远却在眼前的美妙突兀感，从而加深了读者对"最美秋色在家乡"这一作品立意的同感和共鸣。

临秋思静

江山满秋风，万物皆守静。

高天云闲渡，长河月独明。

叶疏风无语，鸟稀啼还轻。

山空泉幽响，湖平波不惊。

物寂养荣待，除旧布新程。

人静心易平，神宁思且清。

一瓯清心茶，三省残烛影。

胸有难平事，得失问秋风。

【作品简析】

作品作于2003年秋，当时正值笔者工作变动之际，是笔者对人生和工作转替变迁的沉思。秋天是一个可以让人入静沉思的季节。人们可以在这个季节走出浮躁，心平气和地进行思考和反省。当一个人内心入静的时候，很多烦恼、迷惑和不平便可释然而去。这首作品就表达了笔者此种感悟，也希望给一些浮躁之中的人们带来一些启发和思考。前半部分以大量笔墨描写了秋天的宁静，实际上是告诉人们，秋天主静，人们应当顺时而为，处静思静。在这个基础上，后半部分发表了自己的见解，表明了自己的态度，道出了"人静心易平，神宁思且清"的观点。

  这首作品不是单纯写景，而是借景谈人生感悟之作。但在诗中谈感悟不是讲道理，不能枯燥生硬、呆板无味。这首作品把做人宜静思的道理放到美丽的秋色中去讲，发思于景，借景寓事，容易引起共鸣共情，也易于被人理解和接受。大家在写议论为旨的作品时可以参鉴。

万物荣华　江山如画

山村晨秋

红落黄稀霜满地，秋尽林山空谷寂。

几缕炊烟孤村上，数声啼鸦寒枝里。

【作品简析】

  本诗描写了山村晨曦中萧瑟肃寂的深秋景色。一、二句概览山村秋色。三、四句选景专描。其中"几缕"和"数声"两个量词的对比使用进一步立体具象地对寒寂空灵的山村秋色进行了特写。这里想到一个问题，就是在中国古典诗歌里，很多诗人驱数词或量词入诗，这类名作名句不胜枚举，此处免例。数字、量词在诗中的作用具体有以下几个方面：一是可使被描写的事物和表达的情感变得可数可算具体可感；二是通过数词、量词的参与往往可以使诗歌更加富有情趣；三是通过数字、数量的对比使人们了解被描写对象的不同特征；四是可以与夸张、缩简等修辞手法相结合，借以渲染诗歌的气氛；五是可以加强诗歌的节奏感、音乐感，使人读来朗朗上口。至于中国古典诗歌中的"数字诗"或称"数名诗"就更是把它们的运用发挥到了极致。

夜闻秋声不眠

暮雨沥沥晚来风，老桐簌簌落草庭。

几处泣虫哀西墙，数声唳雁过云中。

雨敲苔阶滴枕透，漏传湿窗渐心惊。

岁高常恐听衰响，人老犹惧闻哀声。

【作品简析】

　　这是一首以秋声秋音作为主要描写对象的咏秋之作。以秋之声表现秋之情是作品基本艺术特色。笔者着意捕捉秋天丰富的音响，在作品中演奏了一首秋之交响曲。笔者用心理描写的艺术表现形式，把风雨声、落叶声、秋虫声、雁叫声、夜漏声集中加以表现，充分表达了声音里传来的秋色以及聆秋之人的感受，深入内心揭示了作品里主人公悲秋悯老的心理活动。选择描写丰富的秋声秋音这一独特的角度，可以充分调动读者的听觉，使他们和作品中主人公于萧瑟秋声里共同感受秋天的悲凉、老去的哀愁，增强了作品的艺术感染力。专以秋声写秋色也是笔者咏秋诗作的一种试创。

山村雪寂

空山孤村寂,寒鸟冻云啼。

林雪落无声,晨径独樵迹。

【作品简析】

  这首诗描写的是山村晨雪的景色,表现了山村雪落特有的寒冷和寂静。雪落空山,孤寂的山村里远远传来寒云间的数声鸟啼。大雪从树上静静落下无声无息。山路上只留下了早起打柴人在雪地上孤独的两行足迹。前两句静态描写山村寒寂的雪景。后两句以空余樵迹,不见樵人,进一步营造出了空灵寒寂的山村雪色和孤寂静谧的审美意境。

思春赞雪

春去芳零秋已残，叶尽寒枝霜满天。

不期飘飘白雪落，立见树树琼花满。

桃李群芳因春暖，冰花独艳赖冬寒。

春华次递开有时，雪色一夜遍江山。

【作品简析】

　　这是一首别有心裁的咏雪之作。笔者用春花与雪花对比的新颖手法，突出了雪花雪景独特的美感和魅力。篇首两句高度概括了由春到冬的季节变化，巧设暗线也为后面春花与雪花的对比埋下伏笔。三、四句描写了冬雪飘落的美丽景色。此处用琼花喻雪花已渐露褒扬雪花之端倪，是转承之笔。五、六句则开始具体进行对比：春花向暖而绽，但雪花却迎寒"盛开"。结尾又把春花、雪花"开放"的时节和状态进行了对比，在此雪非彼雪的对比中赞扬了独具韵色的冬之雪。这种择一物之所长，与关联物进行比较，相对而出，立见高下的手法，拓宽了写雪诗的传统思路，展现了独特的审美对象和审美眼光。

万物荣华　江山如画

童　雪

琼花小儿样，恣顽最无常。

忽来漫天舞，急去戏风扬。

泼压千般色，一任替银装。

花落满衣衫，匿去不知向。

【作品简析】

　　这也是一篇构境塑性独特的咏雪诗。一般描写雪的作品大都以写白雪皑皑、银装素裹为主，作者却选择了一个新奇的表现手法：把纷纷扬扬飘舞而落的雪花比作一群活泼调皮的孩子，把雪花的特点与孩子的性格有机贴切地结合、化用，别出一格地让雪花以另一种形象生动传神地展现在人们的面前。这群"孩子"飞来舞去，无拘无束，来去无踪，顽皮任性。一会儿凌空曼舞，一会儿追风嬉戏；脾气来了，撒泼任性，硬是让五颜六色的世界瞬间换上了银装；他们还会和你玩捉迷藏，一会儿洒落在你身上，一会儿又躲得不知去向。如果你爱这样一群活泼可爱的孩子，你一定也爱上了这样的雪花，进而融进了这番童趣的雪景和诗意！这就是作品希望达到的艺术效果和艺术感染力。

在写作中，笔者坚持了比物贴切传神且需符合逻辑的原则，既比而出奇，又比而有据。比如作品中，用孩子四处追逐嬉戏喻写雪花漫天飞舞的情景，用孩子的恣顽任性写雪覆大地，用孩子爱玩爱闹、爱藏爱躲的特点写雪花落满全身又瞬间化去的情形，就都是围绕这一原则构思造境的。

万物荣华　江山如画

雪落不寻梅

万水千山雪，千家万户寒。

琉璃封江海，碎玉满河山。

望雪思浩然，高卧愧袁安。

不作寻梅诗，搁笔望阡田。

【作品简析】

这首雪诗的重点不在写雪，而是笔者在下雪时的感受。作品前两联描写了壮美阔达的雪景，其用意在于前面雪景越美，就越能在后面突出作品主人公雪落不寻梅的高尚情怀。然而，看到如此明丽壮观的雪景，诗中主人公却没有白雪寻红梅的文人雅兴，而是联想到孟浩然咏雪的心胸和袁安大雪高卧的气节。同时更令他关注的是下雪对农事的影响：遥望雪落田间，希望瑞雪带来丰年。从而塑造了一位心胸不俗的文人形象，也从另一个角度赋予咏雪诗以新的思想境界与艺术创意。

戴月会梨花

云压玉树白雪妆，娇容带雨不堪伤。
只恐明朝袭泪泽，忙借月色会银芳。

【作品简析】

　　笔者与友人北京郊区约赏梨花，到达时天已暮晚，看预报翌日有雨，恐来日雨至憾剩残芳，故直赴梨园，借月赏花。赏花是一件平常事，但夜赏梨花却是一种富有诗意的特立独行，笔者正是抓住这一特立独行之举造出了别有新意之境，从而赋予了作品独特的审美意境。用字上，"泪泽"二字拟扣"梨花带雨"这个成语；"忙借"二字表现了当时大家梨花有约的急切心情，带活了整个画面，是此作品的"诗眼"。作品表现了爱花惜花的情感，也对"梨花带雨"这个成语进行了诗意的诠释和拓展。至于是否可以带给人们爱花惜人时需早的启示，就要看读者的自悟了。

牡丹前世

洛阳牡丹甲天下,魏紫姚黄上苑花。

国色天香乘恩露,芳尊不开百姓家。

【作品简析】

  这是一首借花咏史的作品。洛阳牡丹始盛于晋隋炀帝时期,由宫廷引种培育于皇家西苑,供皇亲国戚赏玩,后逐渐广播于民间。此诗追溯的正是这段历史。现在洛阳牡丹满天下,早已经谈不上什么富贵花、帝王葩了,但它的兴衰历史告诉人们,在古代人间好物总是首先被高官显富们所占有、所享用,这是一种应当记取的历史现象。诗的最后一句发人深省,启人思考,是作品的主旨所在。

樱桃别思

高枝碧丛肥紫悬,低桠玲珑挂蜜丹。

即来流莺争口腹,莫恨红香鸦雀贪。

且赏黄唇衔珠赤,再赞翠羽彩翎翻。

此景已堪养心目,笑看脚下空筠蓝。

【作品简析】

  这是一篇借物表理的作品。开篇用优美的词语描写樱桃之秀美,目的是吸引调动人们的视觉和味觉,为下面内容做好铺垫。当人们面对如此美好的果实垂涎欲滴的时候,下面两句却反而劝说人们不要与莺雀争食,让人们产生了一种一反常态、出乎意料的狐疑。接下来通过对飞鸟食樱动态之美的描写回答了人们的疑问。最后两句则道出了笔者的感受和态度。

  每到樱桃红了的时节,人们总是垂涎以待。莺雀们也纷纷前来啄食,常常引起人们怨恨。而笔者不但不恨莺雀争食,反而视此为美景欣赏,表现了一种超然洒脱的处世哲学和与众不同的审美观:樱桃再美也没必要与莺雀发生口腹之争,你看它们用黄色的齿喙衔起赤色的樱桃，振起翠色的翎羽在空中翻舞，这是多么美妙多彩的景象啊，难道这不是一种比满足口腹之欲更美好的享受吗？因为此情此景可以滋养人们的心目，所以虽然脚下采摘樱桃的竹篓还空空如也却也可以等闲视之了！由此，区区几十个字的作品以艺术的表现力给我们带来了几个方面深刻的人生思考：什么是值得我们追求的更高的人生境界？面对人生的逆境和负能量能否转一念而变乾坤？面对功利能不能不贪不争平心而视？如何提高我们的审美思辨能力和多角度、个性化、高情商的审美水平？

丁香千结

春思春绪发春伤,常向百花诉忧肠。

不见枝上愁千结,却悯人间奉心香?

【作品简析】

  丁香花因聚结成丛常被人们视为缠绵愁绪的象征,也常以"愁花"入诗。这篇作品却抓住此花的这一寓意反其意而用,转出另一番诗意:人们的春愁春绪总爱向百花倾诉,而丁香自身已是愁结满枝自解不开,却仍然把浓浓的花香奉向人间。这使得丁香花从"寄愁花"变成了"解愁花",从而使丁香花以另一面美好展现在人们面前,作品也因此翻出新意。

  作品的思想意义在于:一是赞美了一种处困济人的美德;二是启发人们推己及人,正确面对、看待自己的困境和痛苦。作诗要出新意才能增强其艺术感染力。见人所未见,体人所未感,发人所未识,是出新创新的好办法。笔者在这首作品中使用的"写物反出"之法,是诗出新意的辟径之一。作为"反出"之例,本集中《冰梅辩》一首也是类作。

独步观花有感

花艳春池旁,孤芳无人赏。

风拂频颔首,邀我尽衷肠。

抚枝花不言,无语赠芬芳。

互怜知两意,溅花泪一行。

【作品简析】

作品作于 2015 年春,为笔者寄寓伤春之作。这首诗中,作品主人公把花当成可以互怜互赏的红颜知己,吐露了寂寞芳春的孤独感。其实,孤芳之花即是孤独之人,物我互化归一之法也。作品运用了以花拟人、人花互化的艺术表现手法,花人互怜,花人同命,花人共情,转达出主人公深刻的孤独寂寞、知音互怜的心曲心境。

槐香止春伤

桃花落了瘦红妆,牡丹失色正春伤。
偏是槐花偷心事,泪眼忽见满庭芳!

【作品简析】

　　这是一首描写表现暮春之景之感的诗作。桃花落尽、牡丹凋零、绿肥红瘦的暮春时节,诗中未直露其面的女子顿生伤春惜春之愁。但恰此时此绪,槐花却怒展枝头,漫舞银芳,再续春香,使红妆已瘦的惜春之人又见春芳、顿逝春伤!笔者抓住槐花暮春反盛的生长时性,抒发了花落春老的愁绪,也表达了槐花续春的惊喜,从而从伤愁之中转出乐观。作品运用欲赞反怨的手法,看似嗔怪埋怨槐子偷人心事,实则对名花解语、点缀残春、延续春时给人们带来喜悦的槐花进行了赞美,也是对人与人之间设身处地、善解人意品性的欣赏。作品还有一层悟寓是告诉人们、告慰自己:何必悲春去,自有别花续。

荷花怜子

莲蓬荷子床,粒粒怀中养。

长成辞亲去,芯苦世人尝。

【作品简析】

　　这首作品以荷花的果实莲子为喻,喻示天下父母养育孩子的辛苦不易。青青莲子安卧在莲蓬里,像婴儿安睡在父母怀中,等长成之后特意留下苦芯让世人都能体会、铭记父母的苦心养育。作品抓住莲子芯苦这一植物特点,以"芯苦"暗替"辛苦",比喻父母养育孩子的苦心。"世人尝"一句亦借莲子可食可尝,引申至食莲子而感受、体会天下父母心的寓意,有一种直入人心的情感渗透力,对"可怜天下父母心"进行了形象的诠释和诗意的解读,也是笔者亦子亦父、感恩双亲养育之苦的艺术表达。成人读者可以让孩子们诵读,使他们从中体会、感受可怜天下父母心之人伦深意。

谐续叶绍翁《游园不值》

一枝红杏出墙来，扬芬吐艳恣意开。

蜂趋蝶簇终抛去，零落枝头独自哀。

【作品简析】

　　此诗作于2022年4月。作品借叶绍翁《游园不值》最后一句开篇，续写红杏出墙以后的状况，延伸主题而转成新意。红杏从花枝招展到零落枝头，道出了喧哗之后芳残艳退的悲哀。借此讽刺、鞭笞了那些贪求物色、堕落不德之人，形象地揭示了这类人的必然下场。作品续写古人诗句转出新意的手法使作品产生出了一种接力传花的艺术效果，增加了作品的趣味性。

万物荣华　江山如画

鸟树惜缘

孤木栖独鸟，相依共晨宵。

郁郁遮潦雨，凛凛护风飚。

叶语和啼暖，翎舞振颓梢。

黎霞别飞远，斜阳待归巢。

【作品简析】

　　这首作品借写鸟树之缘，表现了一种孤独者之间相生相依、相惜相照的温暖情味，也流露出作者对这种情愫的内心呼唤。入诗二句概括描写树鸟之间相依相生的状态。第三、四两句突出描写树对鸟的护爱。接下来两句则主要表现鸟给树带来的温暖和力量。作品结尾通过树鸟朝辞夕归、一别一盼的描写，进一步渲染了它们之间日月相依不舍不离的美好"感情"。艺术上每联角色变换，各有所表，和分有致，通过鸟树拟人拟情的手法，映射表现了人世间一缕打动人心的暖情。

古木寿术

东园斜老树，百岁嶙峋骨。

叶疏颓枝断，蝼蚁噬其腹。

春来发新绿，雪后复又苏。

经年无所医，历岁乏人护。

人树寿同老，抚干深其悟。

风催拉枯朽，雨袭根愈固。

日月精华养，风霜雨雪福。

龄高病自兼，少向华佗诉！

【作品简析】

　　这篇古风借百年老树之喻表达了笔者对老年多病的感悟，是一篇述老励老之作。作品前半部分描写了老树百年荣衰的状态。后半部分发表了从中领悟出的感受。作品对现今一些老人或非老之人繁医赘药现象提出了自己的不同看法，鼓励人们更多地到大自然中去寻找健康之道。诗歌前半部分其实是后半部分发表议论、提出观点的论据。由于这些论据形象生动,寓理贴切,所以给这篇作品带来了很强的说服力和感染力。诗歌不是议论文,需要用艺术形象论事明理,让人们在诗意的感受、享受中欣然接受你的思想和观点,这就是"描形寓理"之法。

田头花

桃李最迷魂,娇艳撩人心。

我为田头花,花瘦叶不匀。

常睹农耕苦,又恐劳不勤。

不弄群芳艳,休去媚农人!

【作品简析】

　　这首作品以拟人的手法,赋予田边小花人的思想、感受,以小花的第一人称视角表达了一种悯农的情绪。全篇皆为田边小花的心理活动和主观感觉的自述,笔者借此转达了自己内心的悯农情绪。

　　写作诗歌不能总是选择笔者视角,可以视情根据内容、主题和诗境设计的需要选择不同视角和作品主人公,使作品富于变化,转出新意。这首作品为什么选择田边的一朵小花的眼光作为主视角?因为它生长在田间,生长在农人身旁。它的"视角和感受"更直接、更真实、更亲切,也更感人,朴实真切的诗意也由此而生。

万物荣华　江山如画

知心柳

青青河边柳，条条系人心。

春来舞碧浪，夏至列长荫。

霜重落翠迟，雪覆留绿新。

别子常折枝，才解最疼人。

【作品简析】

　　古人离别之际，送行者折柳枝赠给远行之人以表达情义和祝福，折柳便成了离情别绪的象征。笔者经过多年的悉心观察，发现柳树实际上是一种常青树，存叶留绿的时间几乎跨越四季。按古人做法，四季皆可行折枝之仪，所以可以把柳树看成一种懂识人间别离之情的"知心树"。这是此作灵感所源。

　　作品开始以柳丝如绳能系人心的拟写概赞柳树的贴心。下面具体描写柳树春夏秋冬"知人疼人"的具体表现。其中用春碧、夏荫、秋翠、冬绿极写柳树四季持绿如一，暗伏因此四季皆可折枝赠别之意。最后在前面充分铺垫的基础上，用柳树能"疼人"这一温馨的想象升华到折枝赠别的诗意，进一步赞美了柳树的贴心之处：柳树四季常青，使即将离别的友人随时可行折枝之礼，游子们也因此四季皆可有所寄托，真是一种最能理解、体贴人心的知心树！

冬柳青青

冬严忽见路柳俏,风凛仍舞绿枝摇。

不是万木皆萧瑟,或疑早春上碧梢。

【作品简析】

都说秋风萧瑟万木凋,其实真不尽然!又觉隆冬只留青松绿,其实也不见得!某日,笔者忽见窗外路旁几棵柳树,至深秋冬初仍绿枝飘摇,恍惚间有四季颠倒之感。后留心观察他柳,皆然。可见柳树既有春之妩媚,亦具寒之坚韧,真四季德君也!此诗是笔者被大自然神奇触发,灵感突现,捉住偶然,快意写成的即兴之作。诗歌的题材来自万物,而诗的灵感来自笔者内心。所以作诗不但要细心观察捕捉素材信息,还需及时启动灵犀之心去体验、去接收,二者密不可分。视而不见会使你错过素材,无动于衷会让你灵感尽失。苏轼说"作诗火急追亡逋,清景一失后难摹"(《腊日游孤山访惠勤惠思二僧》)就是这个意思。如果你根本没有注意到冬柳留绿,或虽然看到了却一目而过,你就失去了写出一首诗抑或是一首好诗的机会!

白洋淀芙蓉歌

晴荷十里丽水烟，碧伞千重绣红莲。

一篙竹棹开绿苇，两舷芙蓉入画船。

【作品简析】

　　作者最喜清丽脱俗的荷花，它是作者心中的百花之魁。作品作于2019年夏天的白洋淀。诗歌通过描写白洋淀荷花之盛进而表现了白洋淀特有的美丽。每年六月到九月，白洋淀就变成了一个巨大的荷花淀。荷花遮天蔽日，密的地方船都开不进去，可见花开之盛。本诗描写的就是笔者乘船进入荷花深处时的情景。前联写淀中荷花盛貌，后联写船中赏荷乐趣。棹动船行，劈开翠苇，荷叶荷花拥船而入的描写让此处诗意唯美，诗趣全开，把白洋淀客观的美和主人公主观的审美感受同时表现出来，是赞美白洋淀荷花的典雅清新之笔。

菊花宅心

天地本是百花宅，秋来群芳皆失彩。

我惜家中素素色，特依竹篱灿灿开。

【作品简析】

这是一首别有心致的咏菊之作。笔者采用拟人的修辞手法把主人公设为菊花本身，让菊花自己道出其"宅心"之所在：天地是百花赖以生存的"家"，但我看见春华去后，秋天的"家"里便肃素无色，所以为点缀装扮这个"家"特地盛开在东篱之下。

这真是一番花之心语！写菊花的诗作很多，大都赞美菊花清逸孤傲、高洁坚强的气质。但这首作品却深入菊花丰富的"内心世界"，感受、发掘了菊花细腻的"宅心"，从一个独特的审美角度赞美了菊花。花草虽美却为无情之物。描写花草树木如果仅仅是直描，只能得其颜色形状，所以需要赋予其人的生命和情感，以得其神韵。而拟人的修辞手法是达到这种境界的最佳方法。在这首作品中，菊花已化身为一位美丽灵性而情思绵密、宅心纤细的秋之姑娘！

栌

秋山披锦绣,彩墨画千嶂。

万树皆红透,栌站一枝黄。

【作品简析】

　　此作为秋吟小作一首。一片秋色之中,红叶烁烁,一棵金色的黄栌挺立其中,煞是打眼!作品用以群比独、以众托寡的方法描写红枫和黄栌,在多彩多姿的秋山景色大背景下,用一个"站"字突显出了黄栌独尔不群的突兀之美,彰显了黄栌的个性和风采,也给诗中描写的秋景点缀出一抹抢眼的别样亮丽。作品题目仅用"栌"字独设,也是一种主题配合表现黄栌兀立独行形象的潜心设计。

万物荣华　江山如画

山中会幽草

万木展荣茂，一丛独寂寥。

延目仰高树，蜷膝怜幽草。

叶弱御风窄，根细盘隙牢。

花小开犹艳，自为山之妖！

【作品简析】

　　笔者爱山之壮美，也常常聚焦阴壁荒隙之间的幽草。观其孤独柔弱之状，每每怜惜之情油然而生。作品表现了对不起眼山草的怜惜和赞美，是对弱势、弱者的礼赞。作品先以殊比之法对山中共生的高大秀美的乔木与孤独寂寞的小草进行了对比，以突出小草的孤弱之态。接下来精选动词慕刻主人公的动作，表现了笔者既钟爱雄山又心系幽草的形象和情愫。五、六句通过细节描写的修辞手法描写了小草困弱而坚韧的形象及生存之道。作品最后对小草进行了热情浪漫的赞美。

兰草吟

幽山悬兰草,空谷自妖娆。

风疏流香动,雨密碧叶娇。

日出暖孤影,月来伴寂寥。

枯荣任天涯,性同青山老。

【作品简析】

  山可出峻伟之雄,亦能藏纤秀之幽。茂林高树植于丰土,野灌羸草生于岩隙,后者更弱更险但更韧更强,是生命力的榜样,弱能强的代表!人生孤旅,何不效兰草之德,无伴者试以日月为伴,无亲者常以花木为亲,无助者勉以自助为渡,豁达自强,可得寿矣!作品通过对兰草幽险孤寂生存环境和风雨日月等相关事物以及兰草自身特色的描写,赞扬了它居险不惧,孤寂自香的美好形象,也透出笔者从中拾得的人生之悟。作品虽然描写的只是一株不起眼的山间幽草,却营造出了一种通透豁达的诗境,引发了一番人生的思考。

  文学作品中,一山可为一景,一草也可成为一景。大者天地,渺者尘沙,只要具有诗意和审美意义的事物都可以发掘入诗,而高山仰止易见,渺草难入法眼,就看作者有无诗心慧眼了!

戒台寺松势

枝虬虬兮势雄盘,叶利利兮欲刺天。

皮鳞鳞兮录山海,干苍苍兮阅千年。

冠郁郁兮隔天地,根盘盘兮抱高岩。

貌肃肃兮观仰止,神凛凛兮正人间。

【作品简析】

京西戒台寺有"九龙松"等数棵千年古松,或伟岸、或苍雄、或挺立、或盘曲,观之令人震撼!这篇作品描写了戒台寺千年古松的风姿和气势,赞美了苍雄伟岸的松树精神。同时流转出笔者慕松敬松、效松而行的精神追求。前六句准确抓住古松枝、叶、皮、干、根、冠各自的形态和生物特点,精选相应的表形叠字加以渲染,再以贴切的拟喻突出了古松的形象和神韵。结尾两句以松之形、神两方面进一步概写松树的气质和对人的精神滋养,进一步深化、升华了松树的精神魅力。作品配合描写千年古松的需要,形式上利用上古诗歌的风格,引文言语气助词"兮"字入诗,形成了诗句苍雄古拙的格调,也加强了作品抑扬跌宕的节奏感。

蒲公英心会

独发芳菲外,荒摇野径间。

春来无艳色,秋临任风颠。

羽弱不胜风,绒轻犹惧寒。

万里家何在,皓首两无言。

【作品简析】

  这是一篇以花寓人、以物体情的作品。蒲公英是一种非常有个性的花。花形特殊,无色无香,播种方式独特。其性柔弱而随性,朴实而自由。作品描写了蒲公英艰苦凄凉、柔弱无助的生活环境和状态,也融入了作品主人公某种生活的经历和感受,物我互化,找到了二者精神世界的共同点。蒲公英万里播种以求生存,而作品主人公寻觅的也是老去生活的寄托和心灵的归宿。作品先描写蒲公英艰苦的生存环境。然后写其孤独无助的生存状态。接着特写其纤柔脆弱的秉性特征。这种多角度、立体式的描写,使诗中蒲公英孱弱无助的形象生动而丰满地呈现出来,也借此充分表现了作品主人公老境不堪的处境和情绪。另外,笔者有女,聪善秀美,甚怜爱之。此囡儿时最喜蒲公英,笔者常采撷以赠。每每得之，便欢呼雀跃，吹花向天，笑声随花飞舞。这也是作品的写作灵感和初衷之一，表达了人将老去怜子惜子的心事心境。

在诗歌创作中，笔者认为，科学是诗歌的重要创作源泉和表现对象；诗歌是科学的艺术展示手段和宣传媒介。正如清代诗人袁枚所论："对景发天机，随心发匠巧"。所以，笔者有一个坚持不辍的习惯，凡是描写动植物或其他自然事物、现象的作品，都会在写作前后去认真学习与被描写对象有关的知识，包括科学知识和人文知识。比如写蒲公英，你就要去了解它的植物特性、生长规律、颜色外貌等等。人文方面，你就需要了解它的文化与精神内涵，比如花语，这样才能准确把握、描写刻画其外貌及其内质，并进一步发掘、发现创作灵感，这种诗外之功不可不勤。

水木之盟

岸树临池伴经年,冰封雪覆多互怜。
雪压寒枝贴水面,探身切问几分寒。

【作品简析】

此诗为笔者雪后河边散步所见有感而作。作品借老树负雪,枝头压向水面的形态,把冰雪中的河流与老树以拟人手法比作互相陪伴、彼此嘘寒问暖的老友,形象地表现和赞扬了困境中友情的可贵。联想是诗歌创作想象力的一种体现。这需要我们去细心观察、感受生活,敏感而迅速地捉住感动心扉、触动灵魂的偶遇之景、偶遇之事、偶遇之人,把它们放入你联想的脑池进行艺术加工,然后把联想变成诗意和诗句。

无根之花

花香有人夸,花艳有人掐。

无根居家供,不日谢芳华。

【作品简析】

  偶见家中买来的鲜花不日凋落,有感而发:无根之花不长久,无实之人不成器。利用较小的诗歌体裁去表现描写即时景物、瞬间情绪是一种短平快的创作手段。

冰梅辩

人赞梅花傲冰雪，我赏冰雪标韵绝。

不忍寒梅孤芳赏，冰拥雪簇衬高洁。

【作品简析】

  人们写梅赞梅的诗很多，富有名人名作。但古今大量咏梅诗中常常以冰雪作为托衬来赞美梅花，冰雪总是配角。其实梅标孤傲，雪自明洁，都有可赞可叹、可圈可点之处。所以，写梅花也要出新意，不妨让冰雪做一回主角，探索一条写梅的别出之径，这就是笔者的创作初衷，实际上也是此篇的写作技法。作品前两句直言自己与众不同的态度，后两句则说明了自己这种态度的理由。作品高度赞美了冰雪奉己托人的高尚品质和博大格局，从而给人们带来一些新的思考和启发。

  诗歌写作应当在合乎逻辑和事物规律的基础上出新立异，可以多角度、多侧面地观察被描写对象，发掘其亮点。异众而立、反向而出就是一个出新出奇的写作手法，往往可以赋予作品不同凡响的魅力。可与本集《丁香千结》互鉴互赏。

万物荣华　江山如画

花　殇

风催雨诛，落英残铺。

慢抬屐履，不忍轻触。

败粉衰红，飘雨如注。

捡尽残芳，葬花无主。

遥约黛玉，轻掂花锄。

绡掬绢捧，芳冢共赴。

时破三春，韶华辜负。

桃飘李飞，香归何处？

【作品简析】

　　这是一篇惜春叹时之作。笔者面对英落芳歇的残春，不禁想到荷锄葬花的林黛玉。但黛玉已渺，葬花无人，于是悲从中来，提笔以赋，以期神交黛玉，共慰花魂。红楼一曲潇湘梦，花落无情终是空。林黛玉的悲惨命运令笔者痛惜。而四时荣替、春华渐逝的现实也让笔者痛叹。作品前半部分捡尽残芳极写暮春的景色，后半部分神交黛玉痛抒惜春的情绪。此作的主题是惜春痛时，诗调悲切。为此，笔者注力取用悲景悲境、悲字悲句营造悲情悲绪，使伤春惜时的悲切之感溢满全篇。四言诗属古体诗一类，这种诗体的突出特点是既可以列阵排出、气势宏伟、古拙庄重、节奏明快，用于咏史言志、壮景浩情的作品，也可以用来创作排铺情绪、细展内心、长韵悠远的抒情作品。这篇四言诗即归此类。

杜鹃托子

杜鹃托子他巢寄，喉焦哀泣骨肉离。
只道望帝哭楠木，谁知怜子夜血啼！

【作品简析】

  杜鹃鸟是"杜鹃啼血"这个上古传说中的主人公。望帝化杜鹃啼谏丛帝以至满嘴皆血。此典还有一解，望帝与妻子恩爱，后遭人陷害死去化为血啼之子规。杜鹃鸟同时也是大自然中"鸠占鹊巢"鸟类中比较恶名的一种，因此常常被人褒贬。笔者着意突破这种对杜鹃的传统用寓，从杜鹃惜子的独特角度刻画、赞美了杜鹃的全新形象，从而歌颂了克己奉子的母性光辉。中国古典诗歌积千年之发展，世间万物几乎已被写尽写绝，不独发奇想、独辟蹊径很难写出好的作品。这首诗歌就是笔者对故有题材深入开发，在传统题材上挖掘出新的作品。

鹅　趣

红廖无风动花堤，绿萍波碎乱鹅啼。

小鹅歪歪才学步，大鹅赳赳向人欺。

【作品简析】

笔者南方河边观鹅，被一只带领一群小鹅刚上岸的大鹅追咬，惊恐逃窜之余笑成此诗。作品描写了在南方美丽的河边堤上，大鹅小鹅可爱有趣的生动形象，也向读者展现了一种特有的南国乡村景象。表现技法上，前两句设置先果后因的关系，第一句写红廖无风而动，第二句交代原因是鹅群游动弄水导致，造成一种先疑后解的艺术效果。后两句每句用贴切生动的叠字声情并茂地刻画出了大鹅小鹅的可爱形象。

犬　价

世人多宠犬，不吝铺金钱。

一掷买真爱，三生纯情伴。

【作品简析】

　　这首作品解答了这样一个问题：为什么许多人不惜重金豢养宠犬？因为在这个世界上，人与人之间用金钱买不来真爱，而买犬却可以一次投入换来一生钟情，这就是犬的价值所在，也是宠犬行为的价值所在。为什么说"三生钟情伴"呢？在艺术上这是一种佛系夸张的手法，但这种夸张不无现实依托。多少忠犬义犬在慰藉陪伴了它主人的今生以后，又找到主人的安息之地继续陪伴守护在已逝主人的身旁，期盼主人复活的来生！又有谁知道这种人兽真情是不是主人和爱犬往生的前缘？作品通过析理世人爱犬的原因，肯定了这种行为的内在价值，赞扬了人犬真情。有人说，花钱买狗是最有价值的投资，应当说这句话是对这篇作品最好的诠释。

义 犬

荒草卧残犬，横祸伤腿断。

狗伴不相弃，觅食饲归晚。

舔毛痛切切，相偎意缠缠。

冬来疾犬毙，悲切几流连。

世人多豢宠，应习此牲善。

结交窥利势，亲疏睨贵贱。

管鲍不在世，鸡黍不约餐。

念此起悲凉，嘱友为之奠。

【作品简析】

　　笔者外地偶遇断腿之犬，看到其狗伴与之不离不弃、患难与共，甚为感动，叹其真义犬也！即为其寻来纸箱避寒，又买来肉肠喂饲，并劝友人带回护养。后悉其犬病毙，悲感之余遂发此感慨之诗。作品前半部分描写了病犬由伤到亡、狗伴不弃的感人之况。后半部分借用两个典故发表议论，亮明了"世人多豢宠，应习此牲善"的观点，也是作品主题思想之所现。作品通过赞扬动物之间的羽兽之情以启发人们深思：动物之间尚能互善互助如此，何况吾类！同时也对现实社会中一些人情冷漠、利尽交疏、世态凉薄的现象进行了批判。

犬不同命

洋洋富家犬，款款气宇轩。

体壮披绣服，毛烁耀我眼。

凄凄丧家犬，哀哀夹尾窜。

眼红斑毛脱，栖食蓬草间。

富犬恃财贵，弃犬命随天。

观此同类异，怜惜一声叹！

【作品简析】

　　笔者所居院中有流浪狗，垃圾为食，蓬头垢面，神情惊怯，皮毛斑滥。每见甚怜之，为诗以记。作品前四句描写富家宠犬，接下来四句描写丧家野犬。这两部分对它们不同的境遇和命运进行了鲜明对比。最后四句痛发感叹，对流浪犬的遭遇表达了深切的同情，也希望唤起人们对它们的善待之心。作品层次清晰，比照鲜明。叠字的运用使描写对象声形并茂，形象因此更加鲜明突出。

孤鸿壮行

清唳一声寒，孤鸿过长天。

翎弱雁阵失，翅奋落羽残。

冻云飞瘦骨，逆风迷征眼。

沙汀梦春江，惊起向月边。

【作品简析】

  这首作品作于 2022 年。诗歌描写了一只失群落单而不惧孤独、不畏风寒向暖而行飞向南方的孤雁，赞扬了一种在艰苦条件下为实现理想坚韧不懈、勇敢前行的精神。孤雁也是笔者当时境遇和精神影像的写照。作品先以一声划破苍穹的凄唳雁叫开篇，先声夺人耳目，引人向天而望。中间部分描写了孤雁飞行的艰苦环境和疲弱憔悴的身心状态，表现了孤雁为实现理想不畏艰辛、坚韧不拔的精神面貌。最后又描写了孤雁途中独栖沙汀，梦到江南春暖，随即惊醒，又即刻向着明月起飞继续迢递兼程的生动形象，突出表现了一种时刻不懈追求理想的精神境界。作品对孤雁形象的描写细腻生动，感人至深。

迁鸟鸣晨

谁扰晨梦惊？百鸟奏黎平。

黄鹂才呖呖，红鸾复嘤嘤。

不啼山色里，却喧楼宇中。

芳林已无界，乐栖百花城。

【作品简析】

　　笔者晨睡每天被窗外鸟鸣唤醒，各种鸣啭之音犹如美妙的晨曲给人们开启美好的一天。作品先以自问自答的方式提出并解答了鸟鸣梦醒的问题。接着采用以声喻声的手法，表现了众鸟争鸣的美妙悦耳。下面运用自问自答设问的修辞方法提出疑问。结尾则回答了上面提出的问题：鸟去山林，鸣于市宇，其原因是现今的城市已如同林园与山林无异，优美的环境已经成了百鸟宜居的天堂！作品通过对晨鸟啼鸣美好声象的描写，对城市绿化美化进而对人们的美好生活进行了赞美。

万物荣华　江山如画

绝鸟同题二变

其一

危鸟惊羽乱，饥鹰利喙盘。

疾落避蓬草，复起惧网悬。

其二

鹰饥利喙盘，林密猎网悬。

疾落避蓬草，复起惊羽乱。

【作品简析】

这两首同题同意之作通过描写飞鸟上畏饥鹰，下惧猎网，进退维谷，起落无投的困境，形象地表现了人们在危急时刻走投无路的囧态。笔者曾几度构诗，更改字、词、句、韵的搭配，以上是其中两种方案。列出以显示笔者写作时构诗遣字的思路及其变化过程，以供参考异同，也可感受诗移一字之变。"移"的意思有二：其一指移动字词在诗句里的位置；其二指在诗句中移替撤换字词。写作时可一诗多陈，驱字词出入其中，比较取舍，终落精华。

笑面虎

深山藏猛虎，一啸百兽伏。

同侪存另类，笑面心肠毒。

大虫仅食肉，此物噬人骨。

安得李广箭，当为世人诛！

【作品简析】

  人们都会惧怕林中猛虎，但可知其凶猛而避之。但人世间的"笑面虎"却因其面善心险往往不易被人识破，令人失去防范，受害于无形。这首作品形象地揭露了"笑面虎"式人物的面目和本质，表达了人们对这种人间"害兽"的痛恨。结句用李广射虎的典故贴切而强烈地表达了这种情绪。

喜 窃

林大百鸟集，鸣啭竞高低。

喜鹊最悦人，独占高枝啼。

【作品简析】

　　这是一首以物寓理的小绝。笔者家窗外常有喜鹊闹枝头，迎福纳吉的同时也引发了笔者的另一番思考。喜鹊常被认为是喜庆之鸟、吉利之音。喜鹊唱枝头也常被人们认为喜兆吉征。但它们总是占着高枝唱高调的习性也确堪病垢！作品借喜鹊讽刺了那些喜欢争高占顶、高谈阔论、窃取虚名的人。题目以协音开宗明义，一开始就暗示了"喜鹊之欢不过是窃名之喜"的主题。

家猫伴读

我读圣人书，猫伏诗书上。

先人千古著，安能做宠床？

碧眼睨侧目，似鄙读书郎？

我不做文章，凭何易尔粮？

【作品简析】

　　这是一篇纯写日常生活趣味的作品。笔者喜读书，家猫常卧于案，或伏于书上"伴读"，驱之复来，故趣记之。诗中特设三问，读来幽默风趣。

沧海桑田　似水流年

痴诗自嘲

痴爱吟诗写到迷，佳句常寻浮梦里。

一字忽得妥安排，三更颠起落笔疾。

【作品简析】

　　笔者热爱古典文学，好习作古诗，经年不辍。每成一首，必尽心尽力琢磨推敲，精雕细刻。时常一个字、词、一句诗改上无数遍，一首诗常常因此数月不得。又常常于睡意蒙胧、梦境浮沉之际仍在自意不自意地遣词造句，而且其间确实得到了一些意想不到的收获。友人谬赞"梦中诗"虽不敢当，但诗从心血出确是对自己的砥砺责求。同时，"炼字"也是诗歌特别是中国古典诗歌创作的内在要求和传统技法。中国古典诗歌，特别是唐以后逐步发展定型的律诗是一种典型的"浓缩艺术"形式。排律不论，字数最多的七律仅区区五十六个字。五律仅为四十个字。但就是在如此有限的空间里，古代诗人们却在他们的诗歌作品中包天容地、俯拾大千，他们是怎么做到的？答案是他们都不愧为惜字如金、点墨成虹的行家里手。在古典诗歌创作中"炼字"是最重要的基本功之一。写作诗歌就是一个通过炼字、造境出诗意的过程。炼字是手段，造境是目的。每款诗体、每份诗心、每种诗境、每层诗意都需精心苦心"砌"字而来。一字之差，意歧千里。一词微别，百花不同，这是贾岛"推敲"的真意，也是笔者诗歌写作中最为深刻的领会和实践之一。在这一点上作者倒是比较赞同"江西诗派""点铁成金"的主张。

作品末句用自画像式的艺术表现手法生动传神地刻画了笔者爱诗如狂的形象和状态，并回扣首句的"痴"字，使这种形象和状态得到了具象化的体现，同时也传达出笔者对写作诗歌在精神意志方面的孜孜追求。

夜读友人赠诗

兄台律绝皆佳篇,满纸秋风平仄间。

粘得红叶三分露,读来顿生五更寒。

【作品简析】

　　秋天是个令人诗情勃发、诗意荡漾的季节。笔者友人以其所制吟秋绝句数首相赠,附信中论及一些关于中国古典诗歌写作方面的问题。笔者夜读友人诗作并以此诗作答。答诗赞扬友人的诗作充分表现了美好的秋意,读来但觉秋风满纸,诗句好像粘满了红叶上的秋霜寒露,平仄之间也好似荡起萧瑟的秋风,以至于使夜读的笔者顿生寒意。作品通过粘露写秋诗、平仄荡秋风的巧思,又以"粘"字"粘对""粘结"的多意加以替用,构出了新颖典雅的诗境,向诗友形象、有趣地表达了对其诗作的赞赏,并婉转地表达了自己的创作理念:秋风送灵感,秋露润诗篇,要想写好诗,功夫在诗外,还得到大自然中去寻找灵感和素材。作品诗思新颖,诗情典雅,颇具趣味。

　　"联句"是中国古代诗人写作诗歌的一种方式,即几个人共同按照一定规矩联手创作完成一首作品。多为宴酬、应和之作。白居易曾把这种方式写作出来的作品称为"联句诗"(《醉后走笔酬刘五主簿长句之赠》)。

沧海桑田　似水流年

爱之初萌

初逢娇娃碧玉鬟，迎面少年才弱冠。

措眼流波偷一目，摄魂灵犀已万年。

本无惊风飐心水，忽起眸波荡微澜。

始挂情帆双棹启，初驾相思万里船。

【作品简析】

　　这是一篇描写青春少男少女初恋的作品，是献给青春初绽岁月的珍贵灵魂纪念。作品开篇即推两位青年主人公亮相，碧玉弱冠之年，青春相遇，情缘初逢。接下来描写少男少女春心萌动、一眼动情的心理活动及变化。"措眼"一句捕捉、再现了这对少男少女一见心许、眉目传情的几个眼部动作，生动、细腻地表现了初恋之人特有的行为和神态。"本无""忽起"两句则进一步深入他们的内心，揭示了少男少女情窦初开时细腻、微妙的心理活动及其变化：本来风平浪静的心水，此时却突然泛起了阵阵涟漪。最后两句表达了他们两情相悦、共入相思的新鲜感和欣喜之情。"双棹"寓意两情相许、共赴爱河。"万里船"一是寓意情途迢迢，二是奉上了对这对初恋情人万里缘定、山高水长的祝福。作品后四句始终围绕"水"构筑诗意,形象而贴切地表现了初恋之人典型的内心世界和精神状态。

窗影探相思

佳人在高楼,绣帷灯烛透。

照我徘徊影,攀墙到窗头。

【作品简析】

　　这是一首相思小唱。心上的女子住在高楼之上,她的窗帷透出温暖的灯光。这灯光照在楼下夜色中徘徊的人儿身上,多么希望这灯光的投影爬上墙头代替我到窗头探望那心爱的姑娘!笔者创用投影探相思的美好浪漫的想象,描写、展示了恋人真挚缠绵的相思之情。艺术上体现出一种唯美的诗心诗意。

嫁 别

谁家新嫁娘，揾泪理红装。

回首复徘徊，绣帘小闺房。

高堂长执手，曾握明珠藏。

一别山水去，冷热两茫茫。

【作品简析】

　　笔者笔下，远嫁的女儿即将踏上婚车别亲而去，不禁回头再看一眼自己的闺房，顿时泪洒婚装。而双亲紧紧握住女儿的双手久久不忍松开，因为女儿曾是这双手里紧握的明珠。中间两句，分别通过对女儿与双亲行为动作的具体描写，细腻地表现了彼此不舍的深情：新生可待，亲情难辞，从此一别，山高水长，彼此不知多少牵挂！作品描写了女孩出嫁依依惜别喜不掩悲的感人情形，渲染了喜悦与伤别交织的复杂情绪和父母对女儿的不舍与牵挂，表现了人世间温暖深厚的亲情。

沧海桑田　似水流年

清水思

万物水为本，江湖湛为佳。

池清浮螺影，湖洌现沉砂。

明镜收月色，琉璃透云霞。

清流宜物饮，净水利鳞虾。

【作品简析】

　　这是一首发表笔者观点和议论的诗作。此作写于美丽的千岛湖畔。千岛湖螺岛群翠，湖池碧澈，激起笔者伴水而歌的兴致。前六句极写湖水的澄明碧透，接下来道出笔者的观点：水清才适合万物饮用，滋养鱼虾。当然，如果我们能由此领会出在教化清明、道德纯净的环境里，人们的心灵才会更加纯洁，生活才能更加美好的道理，那就见仁见智深化了诗意。

　　诗歌可以写人、叙事、绘景、抒情，也可以议论，有论点、论证和论据。但与议论文不同，诗歌不能干巴巴地思辨立论，看似写景，实为论材，需要用诗意诗言来表达。这篇作品前六句就是把对水的描写作为"论据"，从而在结尾两句在此基础上拿出观点、给出结论的。另外，诗歌可以寓情于景，也可以寓理于景，这一点在我们写作以说理和议论为主的诗歌时需要特别注意。

四花联

才与桃花共东风,转眼池鱼戏芙蓉。

不日篱下菊花黄,又待岭上梅花红。

【作品简析】

本诗是笔者四十岁当年记作。第一联写桃花、荷花、菊花、梅花四种典型的季节花卉,按照其开放的时节、顺序和特点,以简练的笔触、典型的配景描写了四季各自不同的美好。而从春到冬,一句一季,四季相环的写作方法,也形象地描述、概括了人的一生,从而委婉地道出了对四季轮转,光阴易逝的人生之叹。作品把每个季节具有代表性的植物花卉依季串列,并逐一配以典型的关联景物,使它们各自以自己的特点展现于所处季节的动态环境之中,比如桃花并东风共舞、池鱼与芙蓉同戏,使作品在艺术表现上更具诗意诗美。

人生如叶

春风暖绿蘖新芽，夏炎成荫衬百花。

秋来一夜风吹落，冬寒催雪乱天涯。

【作品简析】

本诗通过描写树叶在春夏秋冬四季中由生到落的不同状态和变化，表达了对大自然四季流转、光阴荏苒以及人生自然规律的领悟和感叹。内容上、艺术上与本集中《四花联》一首异曲同工。

山行悟语

晨起戴归星,独向野山行。

峰回健足力,林深悦鸟鸣。

风疾避隙岩,雨骤入山亭。

人生悲喜事,自渡是修行。

【作品简析】

　　作品借登山表达了笔者的一种人生态度。作品先写登山之悦,再写登山之困。这几句都围绕主题一悦一困、一喜一悲,各有所寓。山行苦乐悲喜之间,引发出结尾部分的感言悟语,亦即是诗的主题:山行所遇一如人生所历,所以,人生困独,唯悲喜自渡,这是作品主人公山间踽踽独行生发出的人生感悟。

读杨、叶二先生智言有感

独行雨落急，狂袭无所避。

雨骤独撑伞，风疾自定力。

会当风雨霁，相看两天地。

抬头万里晴，低头遍地泥。

【作品简析】

杨绛先生、叶圣陶先生皆为文学大家，也是人生大师。杨先生说："起风的日子，学会依风起舞，落雨时学会为自己撑伞。"叶圣陶先生说："大雨过后有两种人，一种人是抬头看天，看到的是蔚蓝与美丽，一种人是低头看地，看到的是淤泥与绝望。"两位大师皆用雨哲理人生，受益匪浅，悟性所使，敬为诗出。

酒　悟

此生不胜酒，痛时饮难休。

樽空渺江海，杯顷淡心酬。

醒时束红尘，醉去忘世忧。

才解杯中物，能销万古愁！

【作品简析】

　　这首作品作于 2022 年 3 月。看似说酒谈醉，实则言愁述痛。作品始述作品主人公本不善酒，但愁痛之际却一饮难休，这不是说作品主人公酒量大，而是暗道他愁痛多。接下来几句围绕诗题具体谈饮酒求醉之所悟。最后发出类似"何以解忧唯有杜康"的感叹。作品中主人公以往不喜饮酒难知其中乐趣，但酒来愁去的体验，却也识得几分饮酒的苦趣，有时竟觉得酒即是呼之即来的担愁却痛之友。这首作品就抒发了这种感受，表达了伤痛入骨唯醉不能舒的惆怅情绪。

沧海桑田　似水流年

蜜　悟

友人赐野蜜，浓甜口中溢。

小女擎杯啜，摇头称不及。

吐蜜向钵盂，倾入池中弃。

非是蜜不甜，养儿莫宠溺。

【作品简析】

　　这首诗通过对孩子啜蜜不知甜的描写，形象地诠释了生在蜜罐不知甜这句古训。希望提醒天下父母不遵古训，便得教训。

四时看世态

人情多乖张，四时变无常。

春花伴枝头，夏荫好乘凉。

秋风叶愈疏，冬来雪复霜。

安得第五季，且去疗此伤！

【作品简析】

　　此作品用四季变化写世态炎凉，又出人意料地构想，到"第五季"去疗愈因此引发的心伤，表达了对社会上某些世态炎凉现象的极度失望和痛切批判。中间几句巧用四季特有的不同景象，形象而犀利地揭露了社会上种种趋利多变、凉薄存险的不良风气。"第五季"这个想象出意新奇，也因此把大家带入了一个新意的诗境。

沧海桑田　似水流年

慎　夸

曾阅千山去，也渡百川逢。

山高寒霜重，林稠瘴气浓。

花繁熏醉客，水秀射蜮虫。

莫夸前程好，却忘路难行。

【作品简析】

　　人的经验和阅历是人生的宝贵财富。作品是笔者在与一个年轻晚辈聊天以后写作的。年轻人年轻气盛，自视甚高，几近忘乎所以，故笔者以诗相劝，告诉他人生阅历中重要的经验之一就是不要见喜不见忧，处乐不思愁。这首作品是笔者的经验之谈和自警之铭，也希望成为对涉世未深年轻人的提醒。开篇两句概括自己的阅历。中间四句以自然中险象环生的几种情形喻写人世间的险恶。结句也是结论，提醒人们提高警惕，防范人生道路上暗藏的风险和陷阱。

钱之梦

世人谁不梦金钱，万姓无类世事艰。

刀币铸成割福祸，孔兄出手息危难。

楚有季布一诺诚，唐出李白千金散。

不为阿堵迷障眼，莫追布泉到黄泉。

【作品简析】

　　这首作品表明了笔者对金钱的看法。作品首先以客观的态度肯定了金钱在社会生活中的重要作用。接着则一正一反借用典故劝告，提醒世人对待金钱财富要像季布一样诚信，像李白一样洒脱，而不要被金钱所迷惑，以至于走上不归之路。笔者采用借形借名的表现手法，利用刀币、孔方兄、布泉等钱币的各种名称、别称和外形，贴切地表达了作品的主题。

钱之祸

春秋铸刀币，至今杀气腾。

光寒照欲眼，刃利断亲情。

宋币名交子，余祸今人痛。

翁媪一生蓄，奉子三日顷。

【作品简析】

  这是一首批判某些金钱至上社会现象的作品。笔者利用不同时代钱币的名称、形状，把历史和现实巧妙地联系起来，附以夸张的修辞，揭露了贪欲金钱给亲情带来的巨大破坏。比如，借形于春秋时期的钱币"刀币"，借名借音于宋朝时期的钱币"交子"。此作与《钱之梦》同题异出，异曲同工。需要注意的是，在把这些借名、借形、借音的事物用到诗作中去的时候，应当在内容上符合逻辑，并在诗句中无缝衔接。

清明悼亲有感

清明泪雨殇，墓园悼心香。

哀声隔咫尺，万里不相望。

新碑才镌字，旧茔十年荒。

子孙续三服，孤坟鸟兽乡。

百年埋甘苦，永夜禁幽房。

夜台遗寒骨，穷泉入魂凉。

空留百年名，无缘效帝王。

流芳万年业，断碑伴残阳。

莫如洒江天，何似置林岗。

神游云霓里，魂眠花山上。

【作品简析】

这是一篇清明悼亡有感而发之作。笔者清明凭吊祭奠父母，看到磊碑林林、墓园凄凄、双亲远隔、荒木已拱的景象，不由得悲从中来，提出了对人间身后事的叹想。作品用大量篇幅从不同角度历数了墓葬的种种弊端。如果看到这些弊端让你感到伤痛扎心，就证明了作品所具有的艺术魅力。如果看到这些弊端你豁然开朗，把身后之事随之看淡，则证明了作品内生的教化意义。作品大部分篇幅虽然笼罩在一片哀情悲感之中，但最后却通过想象给全诗带来了一缕凄美，其豁达洒脱的境界也是人间身后另一种归宿的理性选择吧！

四君四友

人生挚交数几人？梅兰竹菊拜四君。

梅傲风骨容观止，兰发幽贞袭满身。

东坡贵竹宁辞肉，陶令爱菊东篱隐。

破琴绝弦伯牙逝，畏密昵诤古来珍。

【作品简析】

　　这是一首表明笔者交友原则的作品。人生知己不出二三，生死之交难择一二，笔者对此深有感触。交友需广，择友必慎。信友久挚，难友长恩，唯类梅兰竹菊四君子者可担。此诗重点在中间四句。笔者不喜欢掉书袋，但这首诗则深以为用典为恰。这四句中，每句含一典故以表现四君子之交高洁不俗的品质，褒赞具有这些品性的友人友情，正当其用。作品的中心思想是择友需近梅兰竹菊之品，持友需重畏密昵诤之德。同其类、重其德、永其心、援其难的友情才是真挚隽永、值得珍惜的友情。

沧海桑田　似水流年

别友人闻鸟

送友翠柳堤，忽闻青鸟啼。

即欲奉折枝，其鸣哀且急。

一别蹉跎远，无缘沧海聚。

柳丝缠离绪，好鸟怜别意。

【作品简析】

笔者某日驾车送友人到机场，临别在即，见车窗外路边杨柳依依，鸟鸣啾啾，遂想到古人折柳赠离之美。于是对朋友戏言："应当下车为你折柳送行。"友人笑答："不必了，领情领情！"皆会心而笑。折枝虽戏言，但触景生情，实蕴友谊。作品虚借古人折枝送别之意，实情虚写，实景化用，委婉地表达了对行将别去友人的离情别绪。作品借鸟写人，借鸟表情，含蓄地传达出笔者当时的心绪：连鸟儿都为好友离别而焦灼伤心，离别之人更是情何以堪！"青鸟"既写树上之真鸟，也暗含青鸟善传信之寓，是双关之用意。

劝友归

岭南春江绿,塞北水犹寒。

劝君应记取,春水发冰原。

雁叫向暖飞,几度桃花面。

羁身为北客,何必恋江南?

【作品简析】

  笔者的一个朋友家乡在北方,因工作需要生活在南方。这使他时常思念家乡和亲人,常在来去取舍之间苦恼,倾诉颇多,故作此诗以劝,启发他应当洒脱豁达、从心而为就好:南方春水虽暖,但却发源于你北方的家乡。你就像南飞的大雁,桃花盛开的南方虽好,北方却是你的家乡。如果为此纠结烦恼,回到北方家乡也不失为一个由心的选择。作品在诗中使用劝慰式的诗语与友人娓娓交谈,读来让人感到亲切、真诚,充满友爱之情。

思乡客

东风吹浩荡，一路过天山。

北域草初萌，南乡花已繁。

昼思雏儿笑，夜梦鹅儿喧。

欲借此风归，家在俏江南。

【作品简析】

这首诗与《岭南》一诗为表里之作。笔者另一友人是在新疆工作的南方人，独自在遥远的边疆地区工作，常常生出南乡之思。笔者写此诗以赠，表现了友人对江南家乡的思念之情，传达出对友人切切乡愁的理解。前四句交代时间、季节，告诉人们春天来了，但南北春色不同。北草初萌，南花盛开，暗示这是一个易惹起乡思的时节。后四句具体写友人对家乡的思念以及思乡归乡的迫切心情。全诗细致生动地刻画了友人思归的心理和情绪，体现了朋友之间的理解和感情。这位友人收到此诗颇为感动，对笔者说："你写的诗就是我心里想的事。"笔者闻此甚慰，因为自己的诗使朋友难以释怀的思乡情绪得到了宣泄和释放。这就是诗歌的一种魅力所在吧！

劝　酒

把酒千里故人归，劝君莫辞数巡催。
觞旨本来忘情水，且借一醉淡离悲。

【作品简析】

　　作品表现了故友久别重逢，千杯酬知己，借酒以销却离愁别绪的情感。笔者抓住酒可醉人的特点，生发出一醉可解离愁的诗意，从而含蓄真挚地表达了对故人的深厚友情。写物入诗，应特别把握被写之物的特点特性，正反其用，在此基础上生发诗意。比如饮酒，它既可让人们进入可亲可友、可悦可欢、可滋可养的愉情中，但也可使我们陷入可郁可愁、可伤可痛、可哀可叹的悲情里，还可以把我们置于可醉可醺、可颠可狂、可空可虚的情绪中。我们写作酒诗就可以根据作品主题从饮酒的这些基本特点和不同作用入手创造、演化出特定的诗情诗意，从而创作出酒香满纸、酒墨齐香的作品。

春日农家聚友

杨花又扑面,聚友向田间。

农家奉新茶,嘘寒一何欢。

又趋东篱侧,采蔬正时鲜。

泥灶扬炊烟,柴桌绕鸡犬。

乡酒醉客深,谈笑乱杯盘。

席罢相揖去,暮帘落远山。

灯火上茅屋,夕阳下林泉。

忽听呢喃语,归来双飞燕。

【作品简析】

  作品描写了初春农家会友宴客时的热闹情景,表现了质朴真挚的友情和朴实随性的乡村生活。其实笔者就是那位客人。正是因为感受到农民朋友待客的朴实热情,才相交甚欢,一醉向晚,也由此激发了笔者的创作欲望。作品前半部分表现了农民朋友的热情,后半部分描写了相聚的欢乐以及席罢将归的不舍与惆怅。作品赞美了友情无类、真挚为本的美好。

构思上笔者抓住农家典型的环境和事物，用朴素语言出质朴场面，成淳朴风格。同时着意打造极具农乡色彩的场面和意境，读来令人感到朴素亲切又诗味悠远。如"泥灶扬炊烟，柴桌绕鸡犬"两句准确表现了农家厨房做饭时的场面，是颇具烟火气之笔。"灯火上茅屋，夕阳下林泉"一句则营造了席罢将别之际乡村暮落时分悠远沉静的景象。

秋叶致友远思

枫林如炬栌如霞,乱红如雨落天涯。

诚嘱秋风携一叶,寄君权作头上花。

【作品简析】

　　这是一篇秋日怀人的作品。作品主人公看到秋叶零落,引发了对远方女友的思念。于是突发奇想,想象以红叶为花赠给远方的女友,以寄托相思。前两句写秋景虽美,但友人却远在天涯,悠悠思念自在其中。同时也渲染了秋来怀人的氛围。后两句写主人公思念难释,突发奇想,叮嘱秋风把红叶带给女友,让她像花一样戴在头上,表达了对远方女友的深情思念。想象奇特新颖,意境浪漫深远,营造了唯美的诗意。

探病老友床前

颓床托病骨，佝偻卧衰颜。
孱语唇难动，焦面气频喘。
一盏孤灯吊，半杯清水寒。
枯指含我手，老泪滴怆然。

【作品简析】

　　某日笔者闻一老友患病急去探望。病榻之上见其羸弱消瘦，尽显膏肓之态，深怜之。此时此景令笔者深切体会出杜甫所言百年多病的艰难之境。归后记之，祈愿老友尽快转安康复。全诗细致描写了病中老友的疾容病貌和病榻独卧的孤陋环境，充分表现了友人老去病来的悲哀与孤弱无助的境况，也是推人及己的人生叹作。希望牵动天下儿女们的孝心和社会对老年人更多的关注与关爱。

沧海桑田　似水流年

重逢不识

别时村头柳，归来已抱圆。

竹马树下颠，恰是彼少年。

迎者环苍颜，恍疑不相辨。

忽听唤小名，笑指青梅伴。

【作品简析】

笔者儿时青梅竹马撒尿和泥的发小和伙伴，历经岁月沧桑，几十年后再相见竟如逢生人，依稀相识却张着嘴叫不出名字来！但儿时的友谊早已根植心中，难以磨灭。这首诗就表现了对少小离家的感叹和童友重逢的喜悦，是笔者对珍贵童年和友谊的追忆和赞美。前四句是归来时旧地重游的童趣回忆。后半部分描写了多年不见的发小相逢不相识的情景和终于彼此相认的喜悦。结句生动传神，营造了满满的现场感，诗意也伴惊喜而出。另外，前有"竹马"，后应"青梅"，不但是前后内容上进行呼应的需要，更值玩味欣赏的是笔者由此在诗里暗藏的一位女孩给我们带来了一个令人遥想可猜的友情故事，这又给作品带来了另一番含蓄悠远的诗意。

吴江别友人

吴江白浪寒,残月照归船。

交臂秋江畔,执手老泪眼。

人迈思故交,岁老顾流年。

扬帆别绪升,起棹离情远。

【作品简析】

　　此诗为笔者在江苏吴江与友人相别后所作,表达了与友人告别时彼此依依不舍的感情。作诗要根据素材和描写对象以及表达主题的需要烘托氛围。本诗主题是描写怅然不舍的友情别意,所以开篇便以"寒浪""残月"极力渲染了与离情别绪相匹配的环境氛围。

　　结尾则用船帆与别绪共升、离情因棹动远逝这样联想式的描写,进一步渲染了这种氛围。这是一种氛围,更是一种诗境诗意。作品谋篇布局上,先以江船开篇,中间部分抒发情绪,结尾呼应开篇两句以帆棹作结,保持了作品设境立意的完整性和风格基调的一致性。

沧海桑田　似水流年

忆江西庐山民宿

寒夜听雨破心窗，蜷卧忧思小村庄。

依稀亦是风雨骤，曾眠赣州陋瓦房。

屡赠薄衾犹觉冷，数添火碳还惧凉。

不知残屋今何在，新楼入梦到尔乡。

【作品简析】

笔者曾于20世纪80年代初游历江西，曾住在庐山附近一村民家里，其房破败不堪，疏风漏雨，寒不成眠。但房东老表热情厚道，悉心关照，彼此交谊甚笃，作品对此做了真情描述。笔者别赣回京不久，在一个冷雨之夜不禁回忆起这段经历，牵念他们是否已从破旧的老屋迁入新居，表达了对他们深切的挂念。作品通过对往日村居经历回放式的记述，描写了当时简陋破旧的居住条件和房东老表朴实善良的形象，表达了对农民友人的感激、关切之情以及希望他们生活得以改善的真诚愿望。

达州识友即别

达州古渡头,江边逢途友。

山水同船渡,欢颜三杯酒。

天南海北事,推心挚难求。

栖岸一声别,各自天涯走。

【作品简析】

  笔者曾在四川达县乘船入江。其时偶遇一陌生朋友,相识甚洽。一路同行,欢言畅叙。船到达目的地,二人一声别过,从此天涯两去再无交集。想起李叔同人生各有渡口,各有各舟,缘起则聚,缘尽则散之论,感叹不已。作品以纪实的方法表达了对缘起缘灭、世情无定的人生慨叹和感悟。

沧海桑田　似水流年

顽童忆

晨起饱食粥饭过，为母嘱儿叮咛多。

学堂勿听窗外鸟，归来莫忘习功课。

口中称是风过耳，放学急转去游河。

向晚惴惴蹑脚归，提笔翻书日已没。

【作品简析】

　　这首诗作于笔者高中时期。笔者每读此作就会深深怀念母亲。"文革"时期中小学学业基本荒废，笔者高中毕业后插队，续学无望，但母亲一直坚定地告诉笔者，知识就是力量，读书就是希望；国家搞改革建设，高考就一定会恢复！她常提醒我，再苦再累也不能扔掉书本，知识是你一生的本钱。这些深明大义、远见卓识的教导一直鼓舞着笔者后来的励志之路。这篇作品以完全纪实的手法，记录、还原了笔者童年时期学习生活的一个片段，把儿时母亲的教导叮咛、童年的调皮顽劣还原、再现到诗中，对童年的学习、生活进行了回忆，蕴藏其中的是对集善良、睿智、坚忍于一身的母亲深情的感恩和怀念。

师　恩

紫微城中桃李香，绿野堂前落红芳。

仍留芳韵高标在，却满银丝面已苍。

道传严明多慈目，学贯唐宋立高墙。

虽安蒲轮应无计，又来公门拜书香。

【作品简析】

人这一辈子，有两种恩德绝不能忘，一是父母养育，二是老师教诲。老师传道授业解惑者也，是人生的火炬、蜡烛、指路明灯。每年去看望老师已成了笔者的习惯，这首诗就写于一次笔者看望研究生导师邓魁英先生之后。开篇先用两个典故赞扬老师的崇高和教育的美好，也点出看望老师的季节。中间四句描写老师的品德和容貌，并赞扬了老师的学术成就。结尾呼应开篇，又通过两个典故的运用，表达了对恩师的感恩崇敬之情。2024年4月，邓先生溘然仙逝，就以此作恭悼先生逝去之灵吧！

在这首作品中，笔者于头尾各用了两个典故，充分表达了对恩师的崇敬和爱戴。典故入诗是诗歌创作的一种方法。用典一是可以以古喻今，借古论今。二是可以润泽诗意，增加文采。三是可以增强诗歌的知识性、趣味性。四是用典常常可以言所难言，助以达意。我们在写作中虽应切忌彭利用之弊，但在诗歌写作中适当、精当地用典，可以提高诗品、深化诗意。

花娘留香

彩裙卖花娘,奔走易钱粮。

翩翩双飞蝶,舞在花丛上。

一枝虽不值,芳媒人成双。

花尽人归去,街巷有余香。

【作品简析】

云南盛产鲜花。某年在西双版纳街头看到一位卖花姑娘,年十八九,长发花裙,笑脸盈盈,往来叫卖,且专攻年轻情侣,生意不错。又见蝴蝶飞绕花篓之上,甚是好看,有感而发。诗以叙事写实的手法描写了当时的情景。以双飞蝶舞暗喻情侣爱花,而卖花姑娘乐于成人之美的美好品质像花朵一样芬芳留香。作品赞美了普通劳动人民的美德和他们带给这个世界的美好和温暖。

诗歌素材来源于生活,来源于笔者对生活的观察、体验和理解。要像摄影家一样,随时观察、搜寻生活中的亮点入镜,才能出得佳片。另外,还要学会剪辑。实际上,作品中蝴蝶花舞的情景是笔者在另一露天花市看到的,移彼景合此景,遂得移花接木之妙。

沧海桑田　似水流年

俏伴娘

高灯红烛拜洞房，星眸剪水小伴娘。

飞抢抛花钗鬓散，抱花羞笑遮面藏。

【作品简析】

　　笔者曾经去参加一位朋友孩子的婚礼。新郎新娘光鲜靓丽自不必说，那位新娘的伴娘姑娘活泼清纯，惹人喜爱，成了婚礼上的一个亮点。红烛高灯之下，靓眼如水的小伴娘飞身争抢新婚夫妻抛过来的花球，其间云发散乱，钗环落地。抢得之后因害羞边笑边抱着花把脸遮挡起来。此诗通过描写伴娘的面容和动作勾画出了一个俏丽活泼、青涩纯美的青年女性形象。诗中精心遣用了诸如"红烛""剪水""钗鬓"等具有古风古味的字词，使全诗虽写现代婚礼却依然让人感到古风盎然。后两句一系列动作和动态的描写，把一个青春萌动、清纯可爱的女子形象精彩地推送到读者眼前。

饲豕乐

农家晨兴饲豕忙，汗滴蔬草伴黍粮。

污鬃粪圈频憨笑，红瘦白肥吊柴房。

【作品简析】

　　笔者在四川农村看到一农民养猪，与之攀谈，虽道尽牧猪之艰辛，但仍频出笑脸，并邀我参观他的厨房。房梁上挂满了腊肉，熏柴之香扑鼻而来。我瞬间理解了他的笑容，这是一种辛劳之余希望和满足的欣喜。前三句通过描写猪农辛勤劳作的情景和乐观的精神面貌，使我们看到一位纯朴勤劳的农民形象。后一句以腊肉红白相间的色彩对比告诉人们，猪农的欣悦来自自己的劳动成果，解答了其历苦而欣的原因。

沧海桑田　似水流年

伤别二首之一

送郎江边别行舟，泪眼却慕春水流。

愿做水边桃花落，随君飘去天尽头。

伤别二首之二

去年在此别天涯，今年复来听孤鸦。

才向东河望秋水，即赴南陂葬落花。

【作品简析】

　　这是两篇描写女子别夫思夫的作品。其中第一首通过对女子江边送别郎君时愿做桃花随夫而去心理活动的描写，表现了女子对夫君远行依依不舍的深厚感情。第二首作为"送郎"一首的变韵姊妹篇，写的是女子盼夫归而不得望穿秋水落寞葬花的情景，表现了女子盼君未归的失落和惆怅。第一首写伤别，第二首写盼归，互为表里。艺术上如果说上一首重点是对女子进行心理描写的话，下一首侧重的则是主人公行为的描写。两首作品透过女子心理活动和行为活动的描写，含蓄委婉地透露出女主人公别夫盼夫复杂细腻、回肠百折的情绪和心声，塑造了一位情深意长忠于爱情的女性形象。

沧海桑田　似水流年

新蜀道难

峨眉山道险，老妪荷砖攀。

伛背竹篓重，羸步挪尺间。

迢迢登极顶，区区脚力钱。

皆叹蜀道难，何及此妇艰！

【作品简析】

笔者20世纪80年代研究生毕业游学至四川大学，其间历游峨眉、青城。上山途中，见一背篓老妇，篓中是叠放在一起的红砖。砖重路陡，老妇行走艰难，于是上前相助。交谈中才知其年过七旬，为增加一点收入，每天往山上的建筑工地背砖送砖，而当时的报酬每块砖仅两角钱！由此深感此地民生之艰辛。作品前几句用直描的手法刻画了老妇背砖上山的状态和动作，山路上一位年迈体衰、负重而行的老人形象呼之欲出。负砖之重、行走之难既是实况实景也是其生计艰难的暗喻。结尾抒发了笔者对民间疾苦的痛叹：李白《蜀道难》极言蜀地之难之险，而这位蜀地老妇人的生活处境更是艰难！作品形象生动，感情真挚，体现了笔者对民间疾苦的关注和共情。

暖　夜

村舍日欲曛，踏雪入归人。

解衣襟带寒，举案菜色新。

对饮人微醉，款语夜渐深。

窗落无声雪，酒入有情心。

【作品简析】

　　某日笔者客居民宿，当夜风雪交加，见男主人冒雪而归，其妻即接衣奉食，温酒以侍。二人轻语小酌至深夜，雪寒情暖，举案之好令人感动，也真真羡煞我这羁旅之人！诗兴即发，连夜呵成。写作的主要思路和手法是造境以表情。造民舍寒雪长夜之境，表夫妻缠绵温馨之情。同时置情于境中，情深如夜空无际，语轻似雪落无声。作品营造了一种温暖馨香、情出家常的诗意。结篇二句更是温暖典雅触动人心。

船夫吟

江边彩舟欲辞岸,满客临舷尽欢颜。

却看船头白首翁,弓腰使棹苦撑船。

【作品简析】

　　本诗通过兴高采烈的游客与奋力撑船船夫的对比,表现了普通劳动人民生活的辛劳和吃苦耐劳的精神。

小儿逢春弄絮

柳棉团花滚绣球，小儿相呼逐花走。

追风踏絮忽飞起，迷眼号啕涕泪流。

【作品简析】

  这首作品生动地描写了在春柳吹絮的季节，儿童们相逐嬉戏，追弄絮球的情景。作品中孩子们的嬉戏声、追逐声、哭闹声和调皮玩耍的场面跃出纸面，入目入耳。作品抓住儿童嬉戏时的动作、声音，营造了有声有色的动态场面。另外，写作古典诗歌，最好尽量避免在同一作品中重复使用同字同词。比如此篇中，第一句和第三句都需要用到"絮"字，为避免复字，笔者在首句中就用一个"棉"字取而代之。当然，避免复字也不是绝对的，应根据需要妥当安排。熟练精当地选用同义词、近义词是避免重复字词的一个比较实用的方法。

布衣之德

羁客居小店，暮色正阑珊。
推帘入农人，耕劳疲不堪。
麻衣披瘦骨，糙手排黄茧。
拭汗沽浆水，焦渴溢以面。
所费问几何，扪兜不够钱。
店家劝善睐，但用不需悻。
仰颈咕咕饮，长谢赧赧言。
躬身揖手去，汗息久未散。
翌日鸡鸣早，荆箩置阶前。
箩中蔬与蛋，帑币杂其间。
店家未及辞，大步身已远。
有德在布衣，人微义不短。

【作品简析】

　　作品记述了笔者20世纪80年初经历的"一件小事"（鲁迅作品名）。一位田间归来饥渴难耐的农人到店里买饮料解渴，付款时发现钱不够，店主称免而去。第二天一大早携蛋菜来店以谢。区区数元之惠，却回以拳拳怀德之报，这位农民的憨厚纯朴当时也让笔者产生了"需仰视才见"的敬意。德寓于民，此论不虚！这是一篇以描写人为主的作品，诗中通过对农人一系列动作、神态及语言描写，勾画出一位勤劳朴实、有情有义的农民形象，赞美了普通劳动人民受惠必报的纯朴美德。以诗写人一是应当注意运用各种描写方法突出人物特点、表现人物特质。二是要根据诗歌体裁选择描写方式和描写重点、亮点。

　　这篇作品由于采用内容容量较大的古风体裁，所以有条件使用多种描写方法以立体化地表现人物形象。但在使用容量较小的体裁时就要注意用最合适的描写方法、修辞手法以及最能体现人物形象特征特质的选材角度窥一见万地表现人物形象。

守 岁

春夕早独眠，吉祥入梦圆。

幻中观社火，人熙鼓乐喧。

欲追花车舞，却奔腿如棉。

梦觉三星斜，愁发五更残。

【作品简析】

这首作品描写了作品主人公除夕之夜的梦境。主人公梦到自己置身热闹的节日社火之中，想追随花车游行的队伍同乐同舞，但无奈腿软如棉，无法实现与人同舞共庆的愿望。梦醒时分，只有愁星残月无语相对。作品借梦写实，吐露了现实生活中美好追求不能实现的惆怅情绪。结构安排上的设计是一、二句写现实，中间四句写梦幻，末尾两句又让作品主人公回到现实。这种设计使现实和梦境形成对比，更好地表达了梦想美好而现实骨感的主题。

贺　新

新岁独眠醒，仍颠梦里行。

冷热无浆饭，迎拜少亲朋。

一日平安度，即是喜相逢。

休去听歌吹，唯乐此篇成。

【作品简析】

　　作品写于2024年春节。它与《守岁》互为上下篇。时间上紧续前诗：梦醒时分，新岁已至，佳节清独，何以解忧？作品的后两句给出了回答：面对孤独需有以平常心度平常日的自渡心态和平安为本，岁月长逢的情怀。如果你能把春节豁然看淡，那哪一天不是可喜可庆的节日呢？作品前四句描写佳节独处的孤清，后四句则抒发了乐观自渡的豁达，显示了作品主人公处独不悲的乐观精神。

十五拆灯谜

又是红灯照楹联,争看花灯舞龙幡。

绢谜一只恐不中,可拆新春胜旧年?

【作品简析】

  这首诗作于 2012 年春节,是笔者献给龙年的迎春之作。笔者选择了新春观花灯、猜灯谜这一传统活动作为素材,既表现了春节喜庆欢乐的场面,又顺理成章借人们打灯谜怕猜不中的心理,暗示新春是否胜旧年对每个人都是一个猜不准的谜底。说是猜不透、拆不准,其实一年更比一年强不正是我们每个人在辞旧迎新时的期盼吗?我们写在楹联上的不也正是这样一种祈福吗?笔者在此道出了人们对新年景的期待。作品还描写了人们新春"争看花灯舞龙幡"的场面,借"舞龙幡"这个节目带出"龙"字,暗示辰龙之年,也是巧笔。

伤团圆

千里赴团圆，万金归梓难。

劳顿车马贵，揪心贺岁钱。

党亲序老幼，无礼休拜年。

百算频掐指，启程强欢颜。

【作品简析】

  作品从一个春节准备回家过年的普通劳动者的角度，揭示了当今社会一些过节撒钱、劳民伤财现象给人们带来困惑、压力和团圆之伤，对这种不良风气进了否定和批评。章头两句指出这种社会现象的存在。中间四句既是具体剖析这种社会风气的种种表现，又是作品中主人公锱铢盘算的具体内容，也是他的压力所在。正是这些压力才使他有了最后两句中的表现，通过"掐指"计算的动作细节描写和临行时强作欢颜面部表情的刻画，传神地表现了一位即将回家团聚却又心中纠结矛盾的主人公形象。

沧海桑田　似水流年

盼子歌

老翁依柴菲，白发任风吹。

拄杖抬望眼，泪目盼儿归。

虽养姊妹花，移根长不回。

一望黄尘起，再望暮云堆。

不得儿音讯，却怨鸡鹅肥。

西墙菜本鲜，零落恨雨催。

老妪去年逝，空房唯故灰。

已入耄耋境，伶仃无所维。

凄凄入寒帐，孑孑冷月垂。

泪枕思儿绪，即向梦中飞。

【作品简析】

　　这是一首描写耄耋老父思念儿女，期待子归团圆的作品，表现了老人对儿女深切的关爱思念之情以及孤独凄凉的晚景和情绪，也是现实中一些空巢老人处境的真实写照。作品运用了外貌描写、环境描写、心理描写等多种艺术手法，生动、立体地表现和烘托了作品中主人公思念儿女的情绪和孤凉的处境。这种多角度、多层次的描写方法可以使被描写的人物形象更加生动丰满。比如，诗中老翁思儿不得，痛苦之时，看到本来给儿女准备的鸡鸭时蔬都觉得不顺眼了。笔者着意刻画了老翁这一心理活动，很好地展现了他悲凉哀怨的心理状态。在人物形象塑造过程中，人物外貌、动作、声音等描写可以表现人物的外在特征，而心理描写可以探索反映人物的内心世界，对于人物刻画具有重要作用。

　　诗歌写作谋篇布局非常重要，应当细心缜密地安排。要通篇注意内容方方面面关联性和逻辑性。以这篇作品时间顺序的安排为例，上边写"暮云飞"，交代了老人依门望子是傍晚前后，就为后面写夜色降临做了时间序进上的铺垫。当然，除了时间顺序上的考虑，"暮云飞""凉月垂"也是一种烘托之法和暗喻之法的联合运用，既烘托出了老人暮年晚景的氛围，也暗喻老人垂垂年暮，一法多得，这也是笔者的一个用心之处。

劝亲词

每逢佳节近,常令父母欣。

晨起庭厨扫,夜酿佳味勤。

儿孙团圆聚,丰宴一家亲。

席罢皆散去,白发一双人。

【作品简析】

每逢佳节倍思亲,中国人特别重视传统佳节。特别是无私奉献的中国父母,节日与子孙团聚成了他们以年期待的盛典。但稍聚瞬散,人去楼空之后,给他们留下的还是孤单。本诗前半部分写节前父母的心情和辛劳,后半部分对比团聚前后家人老人的不同状态,道出人生老境的一缕凄凉。希望做儿女的读此应生悲衰怜老之念。

书生求战

蛮夷犯岭南，烽火照河山。

壮怀奔甲兵，沸血淬刀寒。

无缘效沙场，投笔握空拳。

慷慨愧男儿，不到镇南关！

【作品简析】

  这首作品写于对越自卫反击战期间。当时笔者作为一个有志学子，也作为在军营里成长的热血青年，看到越南忘恩负义猖狂进犯的耻行和我军民严惩来犯之敌的壮举，不禁血脉偾张生起投笔从戎报效国家之念。无奈空有其志无缘披甲报国，憾愧之余，借诗以寄托愤激遗憾之情。笔者激情勃发直抒胸臆，酣畅淋漓地表现了一位书生对敌人的仇恨和对祖国的热爱。诗歌是激情的艺术。无论什么题材，必初睹于事，继发于情，终表于意。所以情动笔趋，在创作中首先应当聆听自己内心的呼唤，遵从、追随自己最初的情感冲动，固定情绪主题，再以巧妙丰富的艺术手法加以调染表现，往往可得佳作。

谪仙舞

观舞忆谪仙,恍惚今古间。

展袖飞流下,旋琚生紫烟。

团臂抱金樽,飞身问九天。

眉蹙不折腰,大笑开心颜。

【作品简析】

笔者在读研究生期间,曾经专门去观赏由中国歌剧舞剧院演出的"李白",印象深刻,感到演出还原了学习中和心目中的"诗仙"形象。作品记录了笔者观看演出时的感受。笔者把舞蹈的动作与李白的诗句巧妙、有机地结合起来,相得益彰,既表现了舞者优美的舞蹈,也高度赞美了李白超凡脱俗、自由不羁的精神境界。诗舞同出,诗舞互融是本诗主要的艺术表现手法和笔者所追求的艺术效果。

惜别母校

理罢行囊辞欲行，轻声掩门不忍听。

书生志气凭此地，一屋一室总关情。

【作品简析】

　　这首作品记录了1988年6月笔者研究生毕业即将辞别母校搬离宿舍临行时的真切感受。当时别步难移的情绪至今历历在心难以忘怀。校恩不忘，师恩难忘，以此感谢和铭记母校和恩师的教育培养！作品感情真挚、打动人心。这里讨论一个技术问题。写作时要注意安排、处理好句与句之间、联与联之间的各种关联关系。此诗前两句写惜别母校时的行为、动作，后两句道出之所以依依惜别的原因。前两句是果，后两句是因，关联完整，主题得到深化。不能有因无果，也不能有果无因，否则就可能出现内容、诗意的断层、平浅甚至混乱。正确、恰当、巧妙地处理好各种关联关系其实本身就是一种诗歌的写作方法，所以写作中其他诸如假设、转折、递近、转承等关联关系也需妥善处理。

归　去

一纸退令身已闲，便来柳荫花径间。

儿依身旁肌肤暖，书在眼前天地宽。

【作品简析】

　　此诗为 2017 年笔者退休当日所作，表达了往日已去、再向新生的豁达心境和乐观态度。作品设境洒脱，节奏明快，很好地表达了人退神不衰的主题。

插队五记之一：初入村乡

少年理行装，辞家入村乡。

颓砖茅墙院，断木蛛网梁。

泥床碎芦席，残纸透风窗。

咫尺家何在？南望斜月凉。

【作品简析】

这五首诗从不同角度记录了笔者上山下乡插队时期的一些经历和感受。作品记录、再现了那段难以忘怀的岁月和经历。第一首作品记录了笔者十九岁时离家到北京郊区农村插队第一天的经历和感受。诗中所描写的残屋陋房是当天分配给笔者的住房。原来是老乡存放农具杂物的废屋。作品毫不夸张地忠实记录了屋子内外的破败情景，道出了一个十九岁少年去家数十里，却隔千里乡，一朝辞亲去，三更对颓房的无助与凄凉。

插队五记之二：黍陇夏耕

日火酷村田，青黍密叶衔。

交接如闭蓬，汗蒸欲迷眼。

棘草割肌痛，乱石夏耕难。

唯念罢锄归，陇头不可见。

【作品简析】

这首作品描写了知识青年盛夏在田间劳动时的情形。酷夏炎热，几百米长的玉米地密叶交遮，闷不透风，大家无不汉蒸如雨。加之脚下荆棘丛生，割肉见血，再浸之以汗，疼痒难断，劳作之艰苦可想而知！作品结句描写了当时大家期盼早点完工但田垄漫长早归无望的心理活动和沮丧情绪，也是当时知识青年落户农村解脱无日的一种写照。

插队五记之三：村月朦胧

日暮初星小，人约情未了。

幽塘鸣对蛙，暗树栖双鸟。

夜露合芳蕙，细风吹田草。

村径寂无光，却恨月色骄。

【作品简析】

　　这首作品可以说是插队知识青年农村生活中一抹温暖的记忆。作品描写了正值青春年华的男女知青情窦萌开初试恋爱的美好时光。开篇二句把恋人们约会的时间设定在暮色降临银河初上的傍晚，为作品主人公出场设置了一个浪漫静谧的背景。接下来用"对蛙""双鸟"暗喻恋人们成双成对。五六两句通过描写晚间怡人的乡村景色，以景寓情，暗喻了男女相恋相爱的美好。尾句深入少男少女的内心，揭示了他们羞怯幽密的心理状态。作品设境优美，格调浪漫，描写委婉含蓄，形成了花之流香、爱之芬芳直透人心的艺术效果。

插队五记之四：学友村伴

在校同窗欢，入乡仍为伴。

苦时齐携力，难时互嘘寒。

晨同荷锄去，夜聚围炉暖。

糙饭谈笑尽，高低闻粗鼾。

【作品简析】

此作记述了插队同学互相关心、互助友爱的生活状态。前两句概写从学校到农村同学之间的友谊。后几句则用简练的语言具体记述、描写了同学们一天的农村生活。一句描写一个场景，每个场景都是当时知青生活的典型画面，真实生动地表现了他们苦中有乐的日常生活。作品仅用二十个字就声情并茂地概括再现了知青从早到晚一天的生活，语言精道简练。纵观全诗结构，前一部分概写，后一部分例写，有总有分，有面有点，也是诗歌结构设计的一种方法。

插队五记之五：寒窗梦圆

田头人忽唤，相告语不连。

蹉跎书生事，国试重开篇。

喜泣奔柴舍，佯嗔友人颠。

寅夜未释卷，窗外月正圆！

【作品简析】

　　这首作品记述、表现了当时仍身在农村的笔者听到高考恢复以后的激动情绪和喜悦心情。正在田间劳动准备收工的笔者，听到同学语不连声地告诉自己恢复高考的消息，蹉跎多年的大学梦终于有机会实现，不禁喜极而泣。赶紧跑向宿舍，边跑还假装嗔怪报信的同学听到的消息是不是属实。回屋后通宵习读，一夜伴书。瞭望窗外，明月已圆，寄托了笔者实现读书理想的切切之愿。作品通过对人物形象面容、心理和动作的综合描写，真实再现了当时笔者闻及恢复高考时的状态和情绪。

沧海桑田　似水流年

官路行

一路疾驰拜禅山，官道直行巨石拦。

停车断路不得过，横截大道阻栏杆。

扣窗大汉蛮须脸，一夫当关索路钱。

试问此路何人开，咆哮路在此村前。

低眉软语问几何，卷袖亮掌五指翻。

抬头高阳已西斜，无奈奉上其所愿。

官家已课车马税，乡民坐地卖路权。

本去山门祈财缘，却蚀冤资半路间。

【作品简析】

　　二十世纪九十年代笔者受友人邀请同游外省某山寺，途中被村民断路收费，不纳则需绕路六七十公里。经反复与之交涉无果，急于赶路，只得就范。深感乱收费之畸象，遂记之。因作品内容是笔者经历的真实事件，所以采用了记叙实录的表现手法，以使作品具有写实性和新闻性，从而达到客观、真实地反映这一社会问题的目的。根据不同内容选择不同表现方法是包括诗歌在内文学创作的基本功之一。作品中着意使用外貌描写、动作描写、声音描写对拦路索钱的大汉进行塑型，通过表现这一霸道蛮横的人物形象，突出表现了这种现象的丑恶，强调了这一问题的严重性。

沧海桑田　似水流年

管子于法

法治定国邦，早出管子详。

世事多乱象，生法力能降。

猛兽伏囚笼，荒洪驯河床。

立法以典民，悖法治不祥。

兴功惧暴依，禁非立是墙。

是非分争起，断之以度量。

官吏禁绳墨，操者持不诳。

奉法无贵贱，规矩平帝王。

扬弃存治乱，兴废定国邦。

春秋越千年，任重道且长。

【作品简析】

　　管子即管仲，春秋时期法家代表人物之一。后人托名整理编纂的《管子》中记载了管子很多关于法治的论述。拜读其论，深以为是，不愧中国"法之先驱"。他认为"法者天下之至道也",立法、明法、守法可以"存亡治乱""兴功惧暴""禁非立是"。此诗是笔者研读管子法论之后的感想。内容上分四个层次。第一层先论法治的重要性。第二层道出法治的重要作用。第三层强调守法平等执法勿枉。第四层指出坚持依法治国的重要意义和方向。从内容上看,这是一篇议论诗。写作这类作品一是要观点明确。笔者开篇便借管子言论亮出了"世事多乱象,生法力能降"的论点。二是需注意多角度阐述观点。作品从法治的重要意义、作用等方面进行了比较充分的论述。三是引述既需准确又需化用无痕。另外,提出一个问题:议论诗的诗意在哪里?作品主题严肃,论述严明,层次严谨,风格严正。一个"严"字就是本诗的诗意所在。所以写作议论说理为主的作品依然能够写出独具特色的诗意。作品最后入"春秋"二字作结,用意有二。一是与首句"管子"之时代形成头尾呼应,以增强作品完整性。二是寓意现代,指出建设法治国家仍然任重道远。

沧海桑田　似水流年

女儿诞生为祈福

今日得女此生全，轻拥襁褓诚起愿：
行在蓝天白云下，梦到碧水红花前。

【作品简析】

　　这是笔者女儿诞生当天写的一首祝福之作。诗中为孩子进行了衷心祈福。后两句祝福之辞开阔舒朗、色彩艳丽、设境优美，表达了父亲对孩子最美好的人生祝福和祈愿。

小儿病愈录心

透窗春色已满,我心仍聚冬寒。

小女病魇突染,昨夜忧思未眠。

晨起急走寻医,心焦乱理衣冠。

呼唤浑然不应,老父泪已阑珊!

【作品简析】

  作品描写了女儿染病作为父亲的一种痛心、焦急的状态和内心感受。第一、二句写笔者春天心境不一的心理状态。三、四句写造成这种心理状态的原因。后四句写父亲看到孩子生病时焦急痛心的状态。作品使用六言古风形式其实不是特意的选择。就是心之所感、随感而发的一种下意识的选择。六言的结构恰恰与笔者当时的情绪节奏产生了共振,完全是随心随口之作。这里简单讨论一下六言诗。古代六言追源很早,《诗经》已发端倪,发展于汉唐,宋明二代创作六言诗的仍不乏其人。相对于五、七言,六言的发展规模、遗存作品、作家群体虽有不逮,但与四言诗相类,其并列对称、节奏顿挫、气势排出的突出特点仍然使其不失为一种极富特色的诗歌体裁。所以,择其个性古为今用何乐而不为?

观雪奇思

李白咏雪千古在,大雪席落轩辕台。

小女稚作发奇想,揉碎白云撒下来。

【作品简析】

　　小女九岁时曾以雪为题写诗,用揉碎白云比喻飘落之雪,想象独特,才思佳妙,故趣记之。

稚儿星喻

小儿指繁星,比作夜流萤。

又喻燃花火,开在银河中。

【作品简析】

  小女喜诗文,常有小作获奖,小学时就曾在《校园文学》《语文导报》等刊物发表自己的童作。其作虽稚嫩,但想象力、表现力丰富。在一篇小学作文里,她把星星比作飞上夜空的萤火虫和月宫仙女施放的烟花,颇出新意,童心盎然。

沧海桑田　似水流年

示法于子

每赴万牲园，独睐狮虎山。

利爪伏囚窗，威鬃驯锢栏。

牢笼立禁法，虎狼敛暴残。

当时法以宣，示儿似了然。

【作品简析】

此诗为导幼训子之作。小儿幼时常去动物园（北京动物园原名"万牲园"），尤喜狮虎山，稚问为什么把大老虎关在笼子里？于是借题发挥，顺势进行一下现场法制教育，以启蒙孩子的法治观念。作品以记叙诗的形式，记述还原了动物园以法示儿的过程，营造了较强的现场感。

吃相打油

小儿喜吃瓜，吃相不堪夸。

一手擎一瓣，满脸涂朱砂。

【作品简析】

　　这篇作品以五言打油诗的形式描写了小儿吃瓜时童稚贪馋的有趣形象。"打油诗"也是中国诗歌的一个品类。唐代民间已经有人创作。传说唐朝南阳张打油曾写雪诗一首，"打油诗"一体遂由此而来。"打油诗"内容往往涉及社会生活的方方面面、角角落落。五言、七言、杂言都有。大都内容浅显、俚俗活泼、幽默诙谐，不遵格律，口语相传。常调侃、富讽刺、多趣味、寓天真为其风格特色，是至今仍广泛流传于民间的一种诗歌形式。笔者认为"打油诗"的本质特点就在于它基本上是街巷里坊口耳相传浅显自由的"百姓诗"。

书 包

小儿书包大如斗，引颈凹肩低头走。

人小书多才入门，只见书包不见头。

【作品简析】

  这首诗是笔者送女儿上学时所见所感的随感随口之作，所以笔者也把它归入打油之类。"打油诗"随心随口，活泼风趣，比较适合用来表现儿童题材。作品用夸张的手法突出书包之大之重，再加以对孩子背书包动作细节的描写，向人们展现了孩子们课业负担之重。"入门"是双关语，一指校门，二指小学生尚在初学。一首朴素无华的打油诗却反映了一个值得关注的社会问题，体现了打油诗自身的艺术价值和社会价值。

闻小女演琴

闺娃鼓筝琴,百转拨弦心。

始裂金石碎,忽理丝帛匀。

铮铮涧水急,切切风花吟。

变徵演心曲,正是筓女魂。

【作品简析】

　　某晚闻小女演琴,琴声时而激越时而婉转,时而嘈杂时而沉静。琴声的变化正是十五岁少女青春之魂的舞动。作品通过对琴声及其变化的形象描写,表现了青春期少女特有的迷茫伤感、欲争还忧、复杂多变的内心世界。同时也流转出笔者对女儿感同身受的深刻理解。

秋千忆

谁驾小舟云天里？彩裙飞处笑语嘻。

春风十里助萌欢，童谣荡过秋千去。

【作品简析】

秋千是多少人儿时和童年的记忆，也是人们童年欢乐和未来期望的象征。记得女儿小的时候，每次从幼儿园回来就会嚷着要去对面小区荡秋千，眼里是满满的期待，脸上是盈盈的笑靥。"高点儿，再高点儿"，稚嫩的欢声笑语在秋千起落中阵阵回荡……。作品根据儿童的特点设计了激情欢快的基调，使之充满了浓浓的童心童趣。又通对小主人公动态、服装、声音间接、含蓄的描写，虽未见其人其面，却已使一位快乐儿童的形象和儿童快乐的状态跃然纸上。"春风"一句，借写春风助推秋千越荡越高，表达了作者对今日广大少年儿童们的美好祝愿。最后一句既是场景的进一步描写也承载、表达了人们对童年时光纯美悠远的留恋珍惜之情，引发了令人神往和追忆的诗境诗意。

果　园

沉枝枣亲窗，轻霜柿子黄。

舞蜂迷桑酒，嬉娃摘海棠。

一盘鲜芳聚，满园瓜果香。

举杯颂秋祺，来年待春光！

【作品简析】

　　作品描写了金秋百果飘香的丰收景象和人们果园欢聚的欢乐场面，赞美了大自然果实累累的恩赐，寄托了对来年春光再现、春花又开、百果芬芳的祝愿与期待。

　　本集以此诗作结，借此送上对女儿的深深感激和千千祝福！